ARQUITETURA
VIVENCIADA

ARQUITETURA VIVENCIADA
Steen Eiler Rasmussen

Tradução: Álvaro Cabral

Copyright © 1986, Livraria Martins Fontes Editora Ltda.,
São Paulo, para a presente edição.
Copyright © The Massachusetts Institute of Technology.
Título original: EXPERIENCING ARCHITECTURE.

Publisher *Evandro Mendonça Martins Fontes*
Coordenação editorial *Vanessa Faleck*
Revisão da tradução *Cristina Sarteschi*
Produção gráfica *Carlos Alexandre Miranda*
Revisão gráfica *Ivete Batista dos Santos*
Marise Simões Leal
Diagramação *Studio 3*

Dados Internacionais de Catalogação na Publicação (CIP)
(Câmara Brasileira do Livro, SP, Brasil)

Rasmussen, Steen Eiler, 1898-1990.
Arquitetura vivenciada / Steen Eiler Rasmussen ; tradução Álvaro Cabral. – 3. ed. – São Paulo : Martins Fontes - selo Martins, 2015.

Título original: Experiencing architecture.
ISBN 978-85-8063-228-6

1. Arquitetura I. Título.

15-04348   CDD-720

Índices para catálogo sistemático:
1. Arquitetura   720

Todos os direitos desta edição reservados à
Martins Editora Livraria Ltda.
Av. Dr. Arnaldo, 2076
01255-000 São Paulo SP Brasil
Tel.: (11) 3116 0000
info@emartinsfontes.com.br
www.emartinsfontes.com.br

ÍNDICE

Prefácio **3**

1. Observações básicas **7**
2. Sólidos e cavidades em arquitetura **35**
3. Efeitos contrastantes de sólidos e cavidades **57**
4. A arquitetura vivenciada como planos de cor **85**
5. Escala e proporção **107**
6. Ritmo em arquitetura **131**
7. Efeitos texturais **165**
8. A luz do dia em arquitetura **193**
9. Cor em arquitetura **223**
10. Ouvindo arquitetura **233**

Agradecimentos **247**

Andreas Feininger: Nova York.

ARQUITETURA
VIVENCIADA

PREFÁCIO

Quando o meu livro anterior, *Towns and Buildings*, foi publicado, o erudito historiador inglês da arquitetura, John Summerson, escreveu que o prefácio deveria mencionar a quem o livro era destinado. O leitor deveria ter sido advertido para que não ficasse desapontado e irritado ao descobrir o quanto o livro era realmente elementar. Portanto, apresso-me agora em declarar que me empenhei em escrever o presente volume de tal modo que até um adolescente interessado possa entendê-lo. Não que eu espere encontrar muitos leitores adolescentes, mas, se este livro for entendido por um jovem de 14 anos, certamente o será por leitores mais velhos. Além disso, há também certa esperança de que o próprio autor tenha compreendido o que escreveu – algo de que o leitor nem sempre está muito convencido quando lê livros sobre arte.

Espero, naturalmente, que os meus colegas arquitetos leiam este volume e encontrem algo de interesse nos pensamentos e ideias que reuni durante muitos anos. Mas o livro tem uma finalidade adicional. Acredito ser importante dizer às pessoas estranhas à nossa profissão em que é que estamos ocupados. Antigamente, toda a comunidade participava na construção das moradias e dos seus implementos. O indivíduo estava em fecundo contato com essas coisas; as casas eram construídas com um sentimento natural em relação ao lugar, aos materiais e ao uso, e o resultado era uma edificação agradável aos olhos e perfeitamente adequada. Hoje, em nossa sociedade altamente civilizada, as casas onde as pessoas comuns estão condenadas a viver e que são forçadas a contemplar, em geral, são desprovidas de qualidade. Não podemos, entretanto, retornar ao velho método de artesanato supervisionado pessoalmente. Devemos nos esforçar por avançar, tendo interesse pela obra que o arquiteto realiza e procurando compreendê-la. A base do profissionalismo competente é um grupo compreensivo e inteligente de amadores, de amantes não profissionais da arte. Não é minha intenção tentar ensinar às pessoas o que é certo ou errado, belo ou feio. Considero toda a arte um meio de expressão e o que pode estar certo para um artista poderá muito bem estar errado para outro. O meu objetivo é, com toda modéstia, empenhar-me em explicar que instrumento a arquitetura toca, mostrar a grande amplitude que ela tem e, portanto, despertar os sentidos para a sua música. Mas, ainda que não me proponha formular julgamentos estéticos, é muito difícil esconder o que nos agrada e desagrada. Se se quer mostrar o instrumento de uma arte, não é suficiente, como faria um físico, explicar sua mecânica. Deve-se, por assim dizer, tocar uma melodia, para que o ouvinte adquira uma ideia do que o instrumento pode fazer – e, em tal caso, será possível evitar que se dê ênfase e se insufle sentimento na execução?

    O presente volume discorre sobre como perceber as coisas que nos cercam, e foi comprovadamente difícil encontrar as palavras certas para isso. Mais do que em qualquer outro livro, trabalhei com o meu material na tentativa de formulá-lo com simplicidade e clareza, aperfeiçoando-o uma e outra vez. Mas todo o meu esforço teria, sem dúvida, sido em vão se não contasse com ilustrações como apoio do texto. Portanto, gostaria de agradecer à Fundação Ny Carlsberg pelo seu auxílio, o qual tornou possível o material ilustrativo. Também estou imensamente grato aos meus editores, pois, se o livro encontra-se publicado, isso se deve ao incentivo do presidente Pietro Belluschi do M.I.T. e da M.I.T. Press, em Cambridge, Massachusetts. Foi um prazer trabalhar em estreita colaboração com a Sra. Eve Wendt, que realizou a tradução do dinamarquês e o fez tão bem que sinto que os meus amigos americanos e britânicos devem reconhecer a minha voz ao lerem o livro. Estou feliz por ter a oportunidade de expressar aqui meus sinceros agradecimentos a ela. Também recordo com gratidão a agradável e fecunda colaboração dos meus amigos da produção gráfica.

STEEN EILER RASMUSSEN

1. OBSERVAÇÕES BÁSICAS

Durante séculos, a arquitetura, a pintura e a escultura têm sido denominadas as Belas-Artes, ou seja, as artes que estão envolvidas com "o belo" e agradam aos olhos, tal como a música agrada ao ouvido. Na verdade, a maioria das pessoas julga a arquitetura por sua aparência externa, assim como os livros sobre o assunto são usualmente ilustrados com imagens de exteriores de edifícios.

Quando um arquiteto julga um edifício, a aparência é apenas um dos muitos fatores que lhe interessam. Estuda plantas, seções e alçados, e acredita que, para ser um bom edifício, esses elementos devem harmonizar-se mutuamente. O que ele entende por isso não é fácil de explicar. De qualquer modo, nem todos podem entendê-lo, assim como nem todos podem visualizar um edifício olhando meramente as plantas. Um homem a quem eu estava explicando o projeto para uma casa que ele queria construir disse-me depreciativamente: "Realmente, *eu não gosto de seções*". Era uma pessoa bastante delicada e tive a impressão de que a mera ideia de um corte em qualquer coisa o repugnava. Mas sua relutância pode ter surgido da ideia correta de arquitetura como algo indivisível, algo que não se pode separar num certo número de elementos. A arquitetura não é produzida simplesmente pela adição de planos e seções a alçados. É algo diferente e algo mais. É impossível explicar precisamente o que é – seus limites não estão, em absoluto, bem definidos. De um modo geral, a arte não deve ser explicada; deve ser sentida. Mas por meio de palavras é possível ajudar outros a senti-la, e é isso que tentarei fazer aqui.

O arquiteto trabalha com forma e volume, à semelhança do escultor, e, tal como o pintor, trabalha com cor. Mas, entre as três artes, a sua é a única funcional. Resolve problemas práticos. Cria ferramentas ou implementos para seres humanos, e a utilidade desempenha um papel decisivo no julgamento da arquitetura.

A arquitetura é uma arte funcional muito especial; confina o espaço para que possamos residir nele e cria a estrutura em torno de nossas vidas. Em outras palavras, a diferença entre escultura e arquitetura não está em que a primeira se preocupa com formas mais orgânicas e a segunda, com formas mais abstratas. Até a mais abstrata peça de escultura, limitada a formas puramente geométricas, não se converte em arquitetura. Falta-lhe um fator decisivo: a utilidade.

O mestre fotógrafo Andreas Feininger fez uma fotografia que mostra um cemitério na área de Brooklyn-Queens de Nova York. As pedras tumulares aglomeram-se eretas como os arranha-céus numa cidade americana, os próprios arranha-céus que formam o *background* distante da fotografia.

Visto de um avião a grande altitude, até o mais gigantesco arranha-céu é apenas um bloco alto de pedra, uma mera forma escultural, não um edifício real em que podem viver pessoas. Mas, quando o avião desce, há um momento em que os edifícios mudam completamente de caráter. De súbito, eles adquirem uma escala humana, tornam-se casas para seres humanos como nós mesmos e não para as minúsculas bonecas observadas do alto. Essa estranha transformação ocorre no instante em que os contornos dos edifícios começam a se elevar acima do horizonte, de modo que obtemos deles uma perspectiva lateral, em vez de os olharmos de cima para baixo. Os edifícios entram numa nova fase de existência, passam a ser arquitetura em vez de brinquedos bem arrumados – pois a arquitetura significa formas criadas em torno do homem, criadas para nelas se viver, não meramente para serem vistas de fora.

O arquiteto é uma espécie de produtor teatral, o homem que planeja os cenários para as nossas vidas. Inúmeras circunstâncias dependem do modo como ele organiza e monta esse cenário para nós. Quando suas intenções são coroadas de êxito, ele é como o perfeito anfitrião que proporciona todo o conforto a seus hóspedes, de modo que conviver com ele é uma grata experiência. Mas seu trabalho de produtor é difícil por muitas razões. Em primeiro lugar, os atores são pessoas comuns. Ele deve estar consciente do seu modo natural de atuar; caso contrário, o resultado será um completo fiasco. Aquilo que pode ser perfeitamente correto e natural num meio cultural pode facilmente estar errado num outro; o que é adequado e próprio para uma geração torna-se ridículo para a seguinte, pois as pessoas adquiriram novos gostos e hábitos. Isso é claramente demonstrado pela foto do rei dinamarquês renascentista, Cristiano IV – interpretado por um popular ator dinamarquês – andando de bicicleta. A indumentária, a caráter, é indubitavelmente elegante e a bicicleta é também das melhores. Mas simplesmente não condizem uma com a outra. Do mesmo modo, é impossível repetir a bela arquitetura de uma era passada; torna-se falsa e pretensiosa quando as pessoas já não podem viver de acordo com ela.

O século XIX teve a desavisada ideia de que, para obter os melhores resultados, bastava copiar antigos e excelentes edifícios universalmente admirados. Mas quando, numa cidade moderna, constrói-se um moderno edifício de escritórios com uma fachada que é cópia fiel de um palácio veneziano, a coisa torna-se inteiramente desprovida de significado, mesmo que o seu protótipo seja encantador – quer dizer, encantador em Veneza, no local certo e no meio circundante exato.

Uma outra grande dificuldade é que o trabalho do arquiteto destina-se a perdurar até um futuro distante. Ele prepara o palco para uma longa e demorada *performance*, a qual deve ser suficientemente adaptável para acomodar improvisações. O seu edifício deve, de preferência, estar à frente do seu tempo quando é projetado, a fim de que possa acompanhar a marcha dos tempos enquanto se mantiver de pé.

O arquiteto também tem algo em comum com o paisagista. Todos podemos apreender o fato de que o seu êxito depende de as plantas por ele selecionadas para o jardim medrarem e florescerem. Por muito bela que seja a sua concepção de um jardim, este, não obstante, será um fracasso se não constituir o ambiente adequado para as plantas, se estas não puderem aí vicejar. O arquiteto também trabalha com algo vivo – com seres humanos, os quais são muito mais imprevisíveis do que plantas. Se eles não puderem viver em suas casas, a evidente beleza destas de nada adiantará: sem vida, a casa converte-se numa monstruosidade. Será negligenciada, os consertos necessários não serão feitos e acabará por transformar-se em algo muito diferente do que se

OBSERVAÇÕES BÁSICAS **11**

Palazzo Vendramin-Calergi, Veneza. Concluído em 1509.

23 Havnegade, Copenhague. Concluído em 1865. Arquiteto: F. Meldahl.

pretendia. Com efeito, uma das provas de boa arquitetura é um edifício, por exemplo, estar sendo utilizado tal como o arquiteto o planejou.

Finalmente, há uma característica muito importante que não deve ser esquecida em nenhuma tentativa de definir a verdadeira natureza da arquitetura. Refiro-me ao processo criativo, como o edifício adquire existência. A arquitetura não é produzida pelo próprio artista como, por exemplo, são as pinturas.

Um esboço de um quadro de um pintor é um documento puramente pessoal, e suas pinceladas são tão individuais quanto sua caligrafia; uma imitação será sempre uma falsificação, uma fraude. Isso não é verdade quanto à arquitetura. O arquiteto permanece anonimamente em segundo plano. Também nisso ele se assemelha ao produtor teatral. Seus desenhos não são um fim em si mesmos, uma obra de arte, mas simplesmente um conjunto de instruções, uma ajuda e um subsídio para aqueles que constroem o edifício. Ele fornece um certo número de desenhos e plantas inteiramente impessoais, acompanhados de especificações datilografadas. Esse conjunto de instruções deve ser tão inequívoco a ponto de não haver a menor dúvida sobre a construção. O arquiteto compõe a música que outros tocarão. Além disso, a fim de entender completamente a arquitetura, é preciso lembrar que as pessoas que tocam a música não são músicos sensíveis que interpretam a partitura de outrem, dando-lhe seu fraseado especial, acentuando uma ou outra coisa na peça. Pelo contrário, são uma multidão de pessoas comuns que, como formigas que trabalham juntas para construir um formigueiro, contribuem impessoalmente com suas especialidades profissionais para o todo, frequentemente sem compreender aquilo que estão ajudando a criar. Por trás deles está o arquiteto que organiza o trabalho, e a arquitetura poderia ser chamada uma arte de organização. O edifício é produzido como um filme sem astros, uma espécie de documentário com pessoas comuns em todos os papéis.

Em comparação com outros ramos de arte, tudo isso pode parecer muito negativo. A arquitetura é incapaz de comunicar uma mensagem íntima, de uma pessoa para outra; falta-lhe sensibilidade emocional. Mas esse mesmo fato leva a algo positivo. O arquiteto é forçado a buscar uma forma que seja mais explícita e

Lever House, Nova York. Arquitetos: Skidmore, Owings & Merrill. Exemplo de harmonia e ritmo como resultado do processo criativo em arquitetura.

acabada do que um esboço ou estudo pessoal. Por conseguinte, a arquitetura possui uma qualidade especial que é a sua própria e grande clareza. O fato de o ritmo e a harmonia terem surgido na arquitetura – seja uma catedral medieval, seja o mais moderno edifício de estrutura de aço – deve ser atribuído à organização que é a ideia subjacente da arte.

Nenhuma outra arte emprega uma forma mais fria e mais abstrata, entretanto, nenhuma outra arte está tão intimamente ligada à vida cotidiana do homem, do berço à sepultura.

A arquitetura é produzida por pessoas comuns para pessoas comuns; portanto, deve ser facilmente compreensível a todas as pessoas. Baseia-se num certo número de instintos humanos, de descobertas e experiências comuns a todos nós num estágio muito precoce de nossas vidas – sobretudo, a nossa relação com coisas inanimadas. Isso talvez possa ser mais bem ilustrado em comparação com animais.

Certas capacidades naturais inatas em muitos animais, o homem só adquire através de paciente esforço e diligência. São necessários anos para uma criança aprender a ficar de pé, cami-

Rapazes jogando bola no degrau de cima da escadaria existente nos fundos da igreja de S. Maria Maggiore em Roma (1952).

nhar, saltar, nadar. Por outro lado, o ser humano amplia desde muito cedo seu domínio para incluir coisas que estão separadas dele. Com a ajuda de toda a espécie de implementos, desenvolve sua eficiência e aumenta seu campo de ação de um modo que nenhum animal pode imitar.

O bebê começa por provar coisas, tocá-las, manuseá-las, engatinhar sobre elas, a fim de descobrir de que natureza são, se são amigáveis ou hostis. Mas rapidamente aprende a usar toda a espécie de artifícios e expedientes para evitar as experiências desagradáveis.

Logo a criança passa a estar perfeitamente capacitada para o emprego dessas coisas. Ela parece projetar profundamente seus nervos, todos os seus sentidos, nos objetos inanimados. Diante de um muro muito alto, do qual não pode tatear o cimo por mais que estenda os braços, a criança obtém uma ideia da consistência

Vista do degrau de cima nos fundos de S. Maria Maggiore, Roma (1952).

desse muro, lançando sua bola contra ele. Desse modo descobre que ele é inteiramente diferente de um pedaço retesado de tela ou de papel. Com a ajuda da bola, ela é informada sobre a solidez compacta do muro ou parede.

A enorme igreja de S. Maria Maggiore ergue-se numa das sete famosas colinas de Roma. Originalmente, o local era muito agreste e malcuidado, como se pode ver num antigo afresco do Vaticano. Mais tarde, as encostas foram suavizadas e articuladas com um lanço de escadas até a abside da basílica. Os numerosos turistas que são levados até a igreja em excursões pela cidade mal se dão conta do caráter ímpar do ambiente. Eles simplesmente ticam um dos números assinalados no plano de seus guias de turismo e seguem apressados para o número seguinte. Certamente não sentem o lugar do mesmo modo que alguns rapazes que aí vi há alguns anos. Imagino que fossem alunos de uma escola religiosa vizinha. Eles tinham um intervalo para recreio às onze horas e empregavam o tempo num tipo muito especial de jogo de bola no amplo terraço do topo da escada. Parecia ser uma espécie de futebol, mas eles também utilizavam a parede da igreja no jogo, como no *squash* – uma parede abaulada, contra a qual arremessavam a bola com grande perícia. Quando a bola ia *fora*, ia definitivamente fora, quicando degraus abaixo e rolando por vários metros, com um garoto perseguindo-a afobado, entre automóveis e lambretas em torno do grande obelisco vizinho.

Não pretendo com isso dizer que os jovens italianos aprenderam mais sobre a arquitetura do que os apressados turistas. Mas, inconscientemente, eles sentiram certos elementos básicos da arquitetura: os planos horizontais e as paredes verticais acima das encostas. E aprenderam a brincar com esses elementos. Quando me sentei à sombra da igreja, observando-os, compreendi como nunca a composição tridimensional. Às onze horas e quinze minutos, os rapazes entraram correndo no colégio, entre risos e gritaria. A grande basílica ficou uma vez mais isolada em sua silenciosa impotência. De modo análogo, a criança familiariza-se com toda espécie de brinquedos que aumentam suas oportunidades para vivenciar o meio circundante. Se chupa um dedo e depois o estica no ar, descobre como é o vento nas baixas camadas de ar em que se movimenta, mas, com sua pipa, dispõe de um sensor aéreo que paira alto na atmosfera. Identifica-se com seu arco, sua patinete, sua bicicleta. Graças a uma variedade de experiências, aprende instintivamente a julgar as coisas de acordo com o peso, a solidez, a textura e a condutividade térmica.

Antes de arremessar uma pedra, a criança, ao tateá-la, gira-a na mão, até sentir que a está agarrando com a necessária firmeza e que avaliou corretamente seu peso. Depois de fazer isso muitas vezes ela será capaz de dizer como é uma pedra sem mesmo a tocar; olhá-la de relance será suficiente.

Quando vemos um objeto esférico, não notamos simplesmente seu formato esférico. Enquanto o observamos, parece que estamos passando as mãos sobre sua superfície a fim de captarmos suas várias características.

Embora as muitas espécies de bolas usadas em vários jogos tenham o mesmo formato geométrico, reconhecemo-las como objetos de características extremamente diferentes. O seu tamanho,

OBSERVAÇÕES BÁSICAS 17

Várias bolas usadas em jogos ingleses.

por si só, em relação à mão humana, não só lhes confere quantidades diferentes mas também qualidades diferentes. A cor desempenha um certo papel, mas o peso e a solidez são muito mais importantes. A bola de futebol, feita para ser chutada, é essencialmente diferente da pequena bola branca de tênis que será arremessada pela raquete, que é simplesmente uma extensão da mão.

A criança descobre desde muito cedo que algumas coisas são duras, outras moles, e que algumas são tão plásticas a ponto de poderem ser amassadas e moldadas pela mão. Aprende que as coisas duras podem ser estilhaçadas por materiais ainda mais duros e resistentes, para que se tornem afiados e cortantes e, portanto, objetos de corte como um diamante são percebidos como duros. Inversamente, substâncias flexíveis, maleáveis, como a massa de pão, podem receber formas arredondadas e, seja como for que as cortemos, a seção mostrará sempre uma curva ininterrupta.

A partir de tais observações, aprendemos que existem certas formas qualificadas como duras e outras como macias, independentemente de os materiais de que são feitas serem realmente duros ou macios.

Como exemplo de uma forma "macia" em material duro, podemos tomar a xícara em formato de pera da firma inglesa Wedgwood. É um antigo modelo, mas é impossível dizer quando essa forma apareceu pela primeira vez. Era muito diferente dos formatos clássicos que o fundador da firma, Josiah Wedgwood, preferia a todos os outros. Talvez seja de origem persa e foi consentido que se perpetuasse em seu aspecto inglês porque se ajustava muito bem à arte do ceramista. Podemos realmente ver como a peça foi ganhando forma no torno do oleiro, como o barro maleável se submeteu humildemente às mãos do artesão, deixando-se pressionar embaixo, para dilatar-se em cima. A asa não é vazada num molde, como na maioria das xícaras atuais, mas formada com os dedos. Para evitar rebordos, o barro sai de um tubo, como creme dental, é modelado pelos dedos do oleiro e depois fixado ao corpo da xícara numa curva delicada, agradável de pegar. Um empregado da fábrica Wedgwood, que se dedicava a fazer essas asas, disse-me que era um trabalho encantador e que sentia grande prazer em dar forma à curva da asa e depois ajustá-la delicadamente à xícara em formato de pera. Ele não conhecia palavras

OBSERVAÇÕES BÁSICAS **19**

A chamada xícara em forma de pêra fabricada por Wedgwood. A xícara é de material macio quando lhe é dada forma; depois da queima, o material torna-se duro, mas a própria forma ainda pode ser descrita como macia.

Uma ponte inglesa do grande período de construção de canais no começo do século XIX. Exemplo de uma forma "macia" feita de tijolo.

para sensações mais complexas, caso contrário poderia ter dito que gostava do ritmo da xícara e da asa. Mas, embora não pudesse expressá-lo, sentia-o. Quando dizemos que uma xícara como essa tem uma forma "macia", isso deve-se inteiramente a uma série de experiências infantis que nos ensinaram como materiais macios e duros respondem à manipulação. Embora a xícara, depois da queima, endureça, temos perfeita consciência de que era macia quando lhe foi dada forma.

Nesse exemplo, temos algo macio, plástico, que foi endurecido por um processo especial, a queima, e é fácil entender por que continuamos a pensar nele como macio. Mas, até mesmo em casos em que o material usado era duro desde o início, podemos falar de formas macias. E essa concepção de formas duras e macias, adquirida através de objetos suficientemente pequenos para poderem ser manipulados, aplica-se também às estruturas maiores.

OBSERVAÇÕES BÁSICAS **21**

Palazzo Punta di Diamanti, em Roma. Um edifício com uma forma tipicamente "dura".

Podemos citar, como exemplo típico de uma estrutura com formas macias, uma ponte inglesa construída no início do século XIX. Essa ponte é, obviamente, feita de tijolos, isto é, de um material que era duro na época de sua construção; entretanto, é impossível não termos a impressão de algo que foi amassado e moldado, algo que respondeu à pressão do mesmo modo que as margens de regatos e rios respondem, adquirindo a forma de curvas sinuosas, quando a correnteza das águas carrega massas de barro e cascalho de uma margem e as deposita na outra. A ponte tem uma dupla função: é uma estrada elevada e um portal para a navegação fluvial que parece ter sido escavado pela contínua pressão da água corrente.

Como exemplo da qualidade oposta, isto é, uma estrutura cuja forma é manifestamente "dura", selecionamos o palácio romano conhecido como Palazzo Punta di Diamanti. Não só a massa do edifício todo é um prisma nitidamente talhado, mas a sua parte inferior é feita de pedra rusticada e facetada, formando pequenas pirâmides salientes – o chamado silhar em forma de diamante. Nesse caso, o detalhe foi diretamente inspirado num objeto minúsculo e empregado numa escala muito maior. Certos períodos preferiam efeitos duros desse tipo, enquanto outros se empenharam em construir seus edifícios suaves e "macios", e há muita arquitetura que contrapõe o macio ao duro para efeitos de contraste.

A forma também pode dar a impressão de peso ou de leveza. Uma parede construída com grandes pedras, que dão a impressão de terem exigido grande esforço a fim de serem transportadas para o local e colocadas em seu lugar, parece-nos pesada. Uma parede macia parece leve, embora possa ter exigido um trabalho muito mais árduo e realmente pese mais do que o muro de pedra. Sentimos intuitivamente que as paredes de granito são mais pesadas do que as de tijolo, sem mesmo conhecermos seus respectivos pesos. A alvenaria do tipo silhar, com juntas profundas, é frequentemente imitada em tijolo, não para produzir uma ilusão fraudulenta, mas, simplesmente, como um meio de expressão artística.

Impressões de dureza e maciez, de peso e de leveza, estão relacionadas com o caráter superficial dos materiais. Existem inúmeras espécies de superfícies, das mais ásperas e toscas às mais finas e requintadas. Se os materiais de construção fossem classificados de acordo com os graus de aspereza, haveria um grande número deles com diferenças quase imperceptíveis. Num extremo da escala, estariam a madeira não aparelhada e a pedra lascada, no outro, a pedra polida e as superfícies uniformemente envernizadas.

Talvez não seja surpreendente podermos ver tais diferenças a olho nu, mas é certamente notável que, sem tocar os materiais, tenhamos consciência da diferença essencial entre coisas tais como barro queimado, pedra cristalina e concreto.

Hoje, na Dinamarca, as calçadas são frequentemente pavimentadas com numerosas filas de placas de concreto separadas por fileiras de paralelepípedos de granito. É um sistema indubitavelmente prático, quando se faz necessário levantar uma placa de concreto, para poder apoiar a alavanca no granito, muito menos suscetível de se fragmentar sob o peso da placa. Mas a com-

Calçada em Bloomsbury, Londres.

binação resulta numa superfície singularmente inarmônica. Granito e concreto não combinam entre si; pode-se sentir até que ponto isso é desagradável através das solas dos sapatos – os dois materiais têm graus de maciez muito diferentes. E quando, como acontece às vezes, esse pavimento é ladeado por amplas faixas de asfalto ou cascalho e rematado por pedra de meio-fio, a moderna calçada dinamarquesa converte-se num verdadeiro mostruário de materiais de pavimentação, que não pode ser comparado com os pavimentos de épocas mais civilizadas, agradáveis aos olhos e confortáveis para os pés. O londrino chama a sua calçada "o passeio" e dificilmente será possível encontrar-se um exemplo mais desenvolvido de pavimento.

Na Suíça, o calçamento de pedras é extremamente bonito, como podemos ver nas fotografias de uma praça pequena e tran-

Calçada em Aarhus, Dinamarca.

quila em Fribourg, onde a pavimentação disposta lindamente produz prazer estético aos olhos e tem seu perfeito contraponto na uniforme pedra calcária amarelo-pálida dos muros circundantes e da fonte. Uma grande variedade de materiais podem ser usados para pavimentação com resultados muito satisfatórios, mas não podem ser combinados ou usados arbitrariamente. Na Holanda, usam-se tijolos na pavimentação de ruas e rodovias, o que assegura uma superfície perfeita e agradável. Mas quando o mesmo material é empregado como fundação para pilares de granito, como em Stormgade, Copenhague, o efeito está longe de ser bom. Não só os tijolos ficam lascados ou estalados, mas tem-se a sensação desconfortável de que os pilares estão afundando no material mais macio.

Pavimento de tijolo, em Haia (Holanda).

Colunata sobre pavimento de tijolo em Copenhague. Pesadas colunas de granito assentam diretamente no material mais leve do pavimento, destruindo o padrão do piso de tijolo.

Calçamento de pedras de uma praça em Fribourg, Suíça.

Na mesma época em que a criança adquire consciência das texturas dos vários materiais, ela também está formando uma ideia de tensão em contraposição à de distensão. O rapaz que constrói um arco e puxa a corda de modo que a mantém tão retesada a ponto de ela vibrar sente prazer nessa tensão e obtém a impressão de uma curva tensa; e quando vê uma rede de pesca pendurada, secando, sente o quanto suas linhas pesadas e bambas são repousantes.

Existem estruturas monumentais muito simples que produzem um único efeito apenas, como o de dureza ou maciez. Mas a maioria dos edifícios consiste numa combinação de duro e macio, leve e pesado, tenso e frouxo, e de muitas espécies de superfícies. Tudo isso são elementos de arquitetura de que o arquiteto dispõe. E, para sentir arquitetura, é preciso estar consciente de todos esses elementos.

Deixemos essas qualidades individuais e passemos agora às coisas em si.

Quando olhamos os instrumentos produzidos pelo homem – usando o termo instrumento na acepção ampla que inclui edifícios e seus cômodos –, verificamos que, por meio do material, forma,

Praça em Fribourg, Suíça. Pavimentação vista do terraço sobranceiro.

Rede de pesca pendurada para secar em Veneza. As formas arredondadas de cúpulas vistas através das linhas pendentes da rede.

cor e outras qualidades perceptivas, o homem pôde incutir em cada instrumento seu caráter individual. Cada um dos instrumentos parece ter sua própria personalidade, a qual nos fala claramente como um amigo prestimoso, um bom camarada. E cada implemento exerce seu próprio efeito particular sobre nossas mentes.

Desse modo, o homem imprime primeiro seu cunho aos implementos que produz e, daí em diante, são eles que exercem sua

Cada instrumento possui sua fisionomia própria. A visão de uma raquete de tênis provoca uma sensação de vitalidade.

influência sobre o homem. Tornam-se algo mais do que artigos puramente úteis. Além de ampliarem o nosso campo de ação, aumentam a nossa vitalidade. Uma raquete de tênis pode nos ajudar a arremessar a bola melhor do que podemos fazer só com a mão. Isso, entretanto, não é o mais importante. De fato, bater em bolas não é, em si mesmo, de especial valor para ninguém. Mas usar a raquete nos dá uma sensação de estarmos vivos, enche-nos de energia e exuberância. A simples visão da raquete estimula o tenista de um modo que é difícil descrever. Mas se nos voltarmos para uma outra peça de equipamento esportivo – a bota de montaria, por exemplo –, percebemos imediatamente até que ponto essas coisas despertam sensações diferentes. Há algo de aristocrático numa bota inglesa de montaria. É um invólucro de couro de aspecto um tanto insólito, que só muito vagamente lembra o formato da perna humana. Desperta sensações de elegância e luxo – traz à mente cavalgadas de puros-sangues e jaquetas vermelhas. Ou tomemos, por exemplo, um guarda-chuva. É

A bota inglesa de montaria tem um ar aristocrático e produz um efeito de riqueza e elegância.

um dispositivo engenhoso e inteiramente funcional, simples e prático. Mas é impossível imaginá-lo na companhia de uma raquete ou de uma bota de montaria. Não falam a mesma linguagem. Parece haver algo de meticuloso, de austero num guarda-chuva, algo frio e reservado – um ar de dignidade que falta completamente à raquete.

Chegamos ao ponto em que não podemos descrever as nossas impressões de um objeto, sem tratá-lo como uma coisa viva, dotada de sua própria fisionomia. Nem mesmo a descrição mais precisa, enumerando todas as características visíveis, chegará a dar uma vaga ideia do que sentimos ser a essência da própria coisa.

Assim como não notamos as letras individuais de uma palavra, mas recebemos uma impressão total da ideia que a palavra comunica, tampouco temos consciência, de um modo geral, do que é que percebemos, mas apenas da concepção criada em nossa mente quando a percebemos.

Não só a raquete de tênis, mas tudo o que se relaciona com o jogo – a cancha, o vestuário dos tenistas – desperta as mesmas sensações. A roupa é solta e confortável, os "tênis", macios e flexíveis – de acordo com as condições desenvoltas, descontraídas, em que o jogador se movimenta pela cancha, apanhando bolas e reservando sua energia para a velocidade e concentração exigidas a partir do instante em que a bola está em jogo. Se, mais tarde, no mesmo dia, esse jogador comparecer a uma cerimônia oficial em uniforme ou traje de gala, não só sua aparência terá mudado, mas todo o seu ser. Sua postura e modo de andar são influenciados por seu vestuário; agora, circunspeção e dignidade são a tônica.

Passando desses exemplos da vida cotidiana para a arquitetura, verificamos que os melhores edifícios foram construídos quando o arquiteto foi inspirado por algum aspecto do problema que tem a resolver, cuja solução dará ao edifício um cunho distinto. Tais edifícios são criados num espírito especial e transmitem esse espírito a outros.

As características externas tornam-se um meio de comunicar sentimentos e estados de espírito de uma pessoa para outra. Com frequência, porém, a única mensagem transmitida é a de conformidade. O homem está menos solitário quando sente ser parte de um movimento geral. As pessoas que se reúnem com uma finalidade comum tentam assemelhar-se o mais possível. Se uma delas se considera um tanto notória, pode sentir-se infeliz; a ocasião, para ela, está malograda.

Em fotografias de uma determinada época, as pessoas parecem todas muito semelhantes. Não é apenas uma questão de vestuário e de estilo de penteado, mas de postura, de gestos e de toda a maneira como as pessoas se comportam. Em memórias da mesma época, verificamos que o modo de vida se harmoniza com o quadro externo, e que também os edifícios, ruas e cidades estão sintonizados com o ritmo da época.

Os historiadores descobrem, ao analisarem uma época passada, que um estilo definido dominou esse período e dão-lhe um nome. Mas os que viveram nesse estilo não se aperceberam disso. Tudo o que fizeram, como quer que se tenham vestido, pareceu-lhes perfeitamente natural. Falamos de um período "gótico" ou de um período "barroco", e os negociantes de antiguidades e aqueles que ganham a vida fabricando falsas antiguidades estão familiarizados com todos os pequenos detalhes que caracterizam cada estilo em todas as suas fases. *Mas os detalhes nada dizem de essencial a respeito da arquitetura, simplesmente porque o objetivo de toda a boa arquitetura é criar conjuntos integrados.*

Compreender arquitetura, portanto, não é o mesmo que estar apto a determinar o estilo de um edifício através de certas características externas. Não é suficiente *ver* arquitetura; devemos vivenciá-la. Devemos observar como foi projetada para um fim especial e como se sintoniza com o conceito e o ritmo de uma época específica. Devemos residir nos aposentos, sentir como nos circundam, observar como nos levam naturalmente de um para outro. Devemos estar conscientes dos efeitos texturais, descobrir por que certas cores foram usadas e não outras, como a escolha dependeu da orientação dos cômodos em relação às janelas e ao sol. Dois apartamentos, um acima do outro, com salas e quartos exatamente das mesmas dimensões e com as mesmas aberturas, podem ser inteiramente diferentes, apenas por causa das cortinas, papéis de parede e mobiliário. Devemos sentir a grande diferença que a acústica faz em nossa concepção de espaço: o modo como o som atua numa enorme catedral, com seus ecos e reverberações prolongadas, comparado com um pequeno aposento apainelado, bem forrado com colgaduras, tapetes e almofadas.

A relação do homem com os implementos pode ser assim descrita, a traços largos: as crianças começam brincando com blocos de armar, bolas e outras coisas que podem apreender em suas mãos. Com o passar dos anos, elas exigem ferramentas cada vez melhores. Num certo estágio, a maioria das crianças deseja construir alguma espécie de abrigo. Pode ser uma verdadeira gruta escavada na margem de um rio ou num barranco, ou uma cabana primitiva de tábuas. Mas, geralmente, não é mais do que um esconderijo secreto entre moitas, ou uma tenda armada com um tapete estendido entre duas cadeiras. Esse "jogo de caverna" pode ter muitas variações, mas é comum a todas elas a limitação de um espaço para o uso da própria criança. Muitos animais também são capazes de criar um abrigo para si mesmos, cavando um buraco no solo ou construindo alguma espécie de habitação acima dele. Mas cada espécie faz isso sempre da mesma maneira. Só o homem constrói habitações que variam de acordo com requisitos, clima e padrão cultural. O brinquedo da criança prossegue na criação do adulto e enquanto o homem progride dos simples blocos de armar para os mais refinados implementos, ele também avança do jogo da caverna para métodos cada vez mais refinados de espaços fechados. Pouco a pouco, ele empenha-se em dar forma a tudo que o cerca.

A tarefa do arquiteto é exatamente incutir ordem e relação ao meio circundante humano.

2. SÓLIDOS E CAVIDADES EM ARQUITETURA

Ver exige uma certa atividade por parte do espectador. Não é suficiente deixar passivamente uma imagem formar-se na retina do olho. A retina é como uma tela cinematográfica sobre a qual se projeta uma sequência de imagens que mudam constantemente, mas, por trás do olho, a mente só tem consciência de muito poucas dessas imagens. Por outro lado, é necessária apenas uma impressão visual muito tênue para pensarmos que vimos uma coisa; um minúsculo detalhe é suficiente.

Um processo visual pode ser descrito da seguinte maneira: um homem caminhando de cabeça baixa recebe uma impressão de *blue jeans*; apenas um mero indício. Ele acredita que viu um homem, embora, na realidade, tudo o que viu foi a costura característica ao longo do lado da perna da calça. A partir dessa pequena observação, ele conclui que um homem passou por ele na calçada, simplesmente porque se existe esse tipo de costura deve haver uma calça *jeans*, e, se há *jeans* em movimento, há grandes probabilidades de que um homem esteja dentro deles. Usualmente, sua observação termina aí, pois há tantas coisas para mobilizar o olho numa rua de grande aglomeração de pessoas e de trânsito intenso que ele não pode importunar sua mente com um transeunte determinado. Mas, por alguma razão, o homem deseja, dessa vez, dar uma olhada mais de perto nessa pessoa. Observa mais detalhes. Estava certo a respeito dos *jeans*, mas quem os veste é uma jovem, não um homem. Se ele não for uma pessoa muito apática, perguntará agora para si mesmo: "Como será a moça?", observando-a mais atentamente, somando detalhe após detalhe, até obter uma imagem mais ou menos correta da moça. Sua atividade pode ser comparada a de um retratista. Primeiro forma um esboço geral de seu modelo, uma mera sugestão; depois, elabora-o o suficiente para que se converta numa jovem em *blue jeans*; finalmente, adiciona mais e mais detalhes, até obter um retrato característico dessa moça. A atividade de tal espectador é criativa; ele recria os fenômenos que observa em seu esforço para formar uma completa imagem daquilo que viu.

O ato de recriação é comum a todos os observadores. É a atividade necessária para sentir a coisa vista. Mas *o que* eles veem, o que eles recriam quando observam a mesma coisa, pode variar imensamente. Não existe uma ideia objetivamente correta da aparência de uma coisa, apenas um número infinito de impressões subjetivas a respeito dela. Isso é tão verdadeiro em relação a obras de arte, quanto em relação a qualquer outra coisa. É impossível dizer, por exemplo, que tal e tal concepção de uma pintura é a verdadeira. Se ela causa uma impressão no observador, e que espécie de impressão causa, depende não só da obra de arte, mas também, em grande medida, da suscetibilidade do observador, de sua mentalidade, educação, de seu meio ambiente. Também depende do estado de espírito em que ele estiver nesse momento. A mesma pintura pode nos afetar de modo muito diferente em momentos diversos. Portanto, é sempre excitante rever uma obra de arte que vimos antes para verificar se ainda reagimos a ela do mesmo modo.

Usualmente, é mais fácil perceber uma coisa quando já conhecemos de antemão algo sobre ela. Vemos o que nos é familiar e ignoramos o resto. Isso significa que recriamos o observado, convertendo-o em algo íntimo e compreensível. Esse ato de recriação é frequentemente levado a efeito identificando-nos com o objeto, imaginando-nos no lugar dele. Em tais casos, a nossa atividade assemelha-se mais à de um ator que quer "sentir" o seu papel do que à de um artista criando um *quadro* a partir de algo exterior a si próprio que ele observa. Quando vemos um retrato de alguém rindo ou sorrindo, ficamos alegres. Se, por outro lado, a face retratada é trágica, sentimo-nos tristes. Ao assistirem a filmes, as pessoas demonstram uma notável capacidade para se identificarem com papéis completamente alheios ao seu modo de ser. Um homenzinho franzino enche-se de heroísmo e gosto pela vida quando vê um Hércules realizando façanhas audaciosas. Os profissionais da propaganda e os produtores de histórias em quadrinhos têm consciência dessa tendência e fazem uso dela em seu trabalho. As roupas masculinas são vendidas mais facilmente quando exibidas por modelos atléticos. O observador identifica-se com o modelo de bela figura e acredita que se lhe assemelhará simplesmente vestindo a mesma roupa. Uma mulher de meia-idade compra sem pestanejar e com total ausência de senso crítico o vestido que viu num anúncio no corpo de uma esbelta modelo. O garoto de bochechas coradas que lê fascinado as aventuras numa história em quadrinhos imagina-se no lugar de Tarzan ou do Super-Homem.

É muito conhecido o fato de que os povos primitivos atribuem vida a objetos inanimados. Acreditam que árvores e cursos d'água são espíritos da natureza que vivem em comunhão com eles. Mas mesmo pessoas civilizadas tratam mais ou menos conscientemente as coisas sem vida como se estivessem dela imbuídas.

Na arquitetura clássica, por exemplo, falamos de membros sustentadores e elementos sustentados. Muitas pessoas, é verdade, não associam nada de especial a isso. Mas outras têm a impressão de que uma coluna parece estar vergando ao peso de um fardo que ela sustenta, tal como ocorreria com um ser humano que tivesse sobre os ombros uma pesada carga. Isso é literalmente ilustrado quando o elemento de sustentação recebe forma humana, como uma Cariátide ou um Atlas – um gigante petrificado retesando todos os seus músculos sob o peso do mundo. Essa mesma concepção está expressa nas colunas gregas por uma ligeira curvatura para fora de perfil, a "entasis", a qual dá uma impressão de músculos retesados – algo surpreendente de ser encontrado num rígido e insensível pilar de pedra.

São dados às várias partes de uma cadeira os mesmos nomes que se aplicam às partes do corpo dos seres humanos e animais: pernas, braços, costas, assento. E, frequentemente, as pernas têm formas de patas de leão, garras de águia e cascos de corça, cabra ou cavalo. Tais formas surrealistas têm aparecido periodicamente desde os tempos antigos. Além desses, existem muitos exemplos de formas "orgânicas" que não se assemelham nem representam nada do que é encontrado na natureza. Elas eram empregadas no estilo Jugend alemão do começo do século e voltaram a aparecer não só em estilos subsequentes de mobiliário, mas também em outros *designs*. Um automóvel, por exemplo, é chamado "Jaguar" e, de acordo com a associação de ideia, suas linhas lembram a velocidade e a força bruta de seu homônimo.

Até mesmo coisas que não sugerem de maneira nenhuma formas orgânicas são muitas vezes investidas de características humanas. Já vimos como botas de montaria e guarda-chuvas podem nos afetar como personalidades concretas (pp. 29-30). Nos romances de Dickens, edifícios e interiores adquirem almas que, de algum modo demoníaco, são correspondentes às almas dos moradores. Hans Andersen, que atribuiu a fala a uma bola e a um chapéu, costumava recortar silhuetas em que um moinho de vento se convertia em ser humano, tal como era para Dom Quixote.

Os portais são descritos, com frequência, como "hiantes", e o arquiteto do Palazzetto Zuccari, em Roma, de fato formou uma entrada do edifício como a boca escancarada de um gigante.

O arquiteto dinamarquês Ivar Bentsen, que ao longo de toda a sua vida reteve uma visão notavelmente original de arquitetura, disse na inauguração de uma ala de uma escola popular na Dinamarca: "Dizemos usualmente que uma casa está *assente* em determinado local, mas algumas casas erguem-se – as torres sempre se erguem. Esta casa está assente aqui, com as costas contra uma colina, olhando para o sul. Saiam dela em qualquer direção, observem-na, e verão que a escola ergue a cabeça e lança a vista sobre os vastos campos ao sul da cidade".

A animação de um edifício torna mais fácil sentir sua arquitetura como um todo e não como a soma de muitos detalhes tecnológicos separados. Para Dickens, uma rua de casas era uma criação dramática, um encontro de personagens originais, cada casa falando com uma voz própria. Mas algumas ruas estão de tal modo dominadas por um eminente padrão geométrico que mesmo um Dickens não consegue insuflar-lhes vida. Existe, de seu punho, uma descrição da vista obtida a partir do *Lion Inn*, na velha

Portal do Palazzetto Zuccari, Roma.

cidade inglesa de Shrewsbury: "Das janelas posso abranger toda a encosta da colina e de viés as tortuosas casas em branco e preto, todas elas das mais variadas formas exceto retilíneas". Quem tiver visitado uma das cidades do Shropshire, com suas enegrecidas casas Tudor de tijolo com vigas visíveis, recordará a forte impressão causada pelas grossas linhas negras contra o fundo branco e compreenderá que até Dickens deveria ver, aí, formas e não estranhas personalidades.

Mas como sentimos uma rua quando percebemos as casas como formas geométricas? O historiador de arte alemão A. E. Brinckmann fez uma elucidativa análise de uma foto de certa rua na pequena cidade alemã de Nördlingen.

"A beleza da situação na Schäfflersmarkt, em Nördlingen, deve-se inteiramente às admiráveis relações de suas formas. De que modo, então, as proporções de uma imagem bidimensional são convertidas em proporções tridimensionais, numa concepção de profundidade? As janelas são quase todas de dimensões idênticas, o que dá a mesma escala a todas as casas e faz com que as de três andares no plano de fundo suplantem em altura as de dois andares no primeiro plano. Todos os telhados mostram aproximadamente o mesmo grau de inclinação e completa uniformidade de material. O entrelaçamento decrescente das telhas ajuda o olho a apreender as distâncias e, por conseguinte, também as dimensões reais dos telhados. O olho passa dos telhados menores para os maiores, até repousar, finalmente, na estrutura dominante da igreja de S. Jorge. Na verdade, nada cria uma ilusão mais vívida de espaço do que a constante repetição de dimensões familiares ao olho e vistas em diferentes profundidades da perspectiva arquitetural. Essas são as realidades da composição arquitetônica e seu efeito é realçado pela diferença de tons causada pela atmosfera. Quando, finalmente, as formas completas das casas são percebidas – as de dois e quatro vãos, todas com divisões horizontais entre os andares –, a torre parece de dimensões esmagadoras, com suas massas concisamente articuladas, projetando-se para as alturas."

Conservando os olhos na foto enquanto se lê a descrição de Brinckmann, é possível sentir tudo exatamente como ele descreve. Mas quando realmente vemos o lugar, obtemos dele uma impressão muito diferente. Em vez da *imagem* de uma rua, recebe-se a impressão de uma cidade inteira e sua atmosfera. Nördlingen é uma cidade medieval cercada por uma muralha circular. A primeira vista que se tem dela, depois de cruzar a porta da cidade, indica a concepção de uma cidade que consiste em casas idênticas, com imensos telhados pontiagudos de duas águas, de frente para a rua e dominadas pela gigantesca igreja. E, à medida que se penetra mais na cidade, a primeira impressão é confirmada. Não há um só ponto onde se pare e se diga: "Deve ser vista daqui". A questão que interessou Brinckmann – como uma foto bidimensional pode dar a impressão de três dimensões – não surge. Estamos agora no centro da própria foto. Isso significa que não só vemos as casas diretamente à nossa frente mas, ao mesmo tempo e sem realmente as vermos, temos consciência daquelas que estão de ambos os lados e recordamos também aquelas pelas quais já passamos. Quem quer que tenha visto um lugar primeiramente numa foto e depois o tenha visitado sabe como a realidade é bem diferente. Sente-se a atmosfera à volta e já não se depende do ângulo de onde a foto foi tirada. Respira-se o ar do

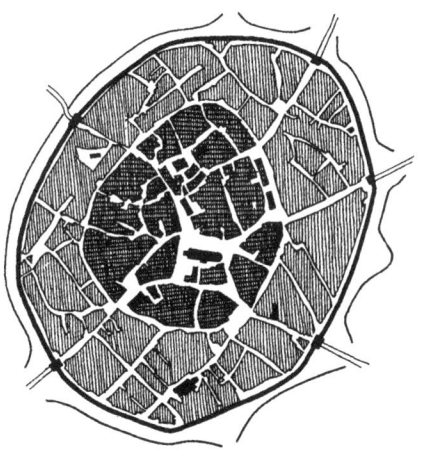

Schäfflersmarkt com a igreja de S. Jorge, Nördlingen, reproduzido do livro de Brinckmann. *Embaixo*, planta de Nördlingen. Escala 1:15000.

Vistas de Nördlingen desde a porta da cidade até Schäfflersmarkt. Não existe um ponto especial do qual se possa "sentir" a rua.

lugar, ouvem-se os seus sons, nota-se como eles são ecoados pelas casas que não vemos atrás de nós.

Há ruas, praças e parques que foram deliberadamente planejados para serem vistos de um determinado ponto. Pode ser um portal ou um terraço. As dimensões e a posição de tudo o que se vê desse ponto foram cuidadosamente projetadas a fim de dar a melhor impressão de profundidade, de uma vista interessante. Isso é particularmente verdadeiro no caso dos planejamentos barrocos, os quais convergem, com frequência, para um só ponto. Um interessante exemplo disso, e uma das vistas de Roma, é a célebre "vista através do buraco da fechadura". No Monte Aventino, sobranceiro ao Tibre, a tranquila Via di Santa Sabina conduz-nos, passando por antigos mosteiros e igrejas, até uma pequena *piazza* embelezada com obeliscos e troféus em estuque. Sobre uma porta castanha à direita estão as armas dos cavaleiros de Malta. Mas a porta está fechada e trancada. O único modo de obter uma vista do recinto isolado é através do buraco da fechadura. E que vista! Na extremidade da profunda perspectiva de uma longa alameda ajardinada, vê-se a distante e imensa cúpula de São Pedro, recortada contra o céu.

Aí temos todas as vantagens de uma vista deliberadamente planejada, porque vemos a realidade como que através de um telescópio, a partir de um ponto fixo – não havendo nada que des-

SÓLIDOS E CAVIDADES EM ARQUITETURA **43**

Igreja de S. Jorge, Nördlingen, vista de Schäfflersmarkt. A impressão do edifício é formada a partir de uma série de observações.

vie a nossa atenção. A vista tem somente uma direção e o que está atrás do observador não desempenha papel algum.

Mas isso é uma rara exceção. Habitualmente, não vemos uma *foto* de uma coisa, mas recebemos a impressão da própria coisa de forma inteira, incluindo os lados que não podemos ver e todo o espaço circundante. Tal como no exemplo da moça com *blue jeans*, a impressão recebida é apenas de ordem geral – usualmente não vemos os detalhes. É raro uma pessoa que "viu" um edifício fazer uma descrição pormenorizada dele. Se, por exemplo, um turista de visita a Nördlingen vir subitamente a igreja, ele perceberá de imediato que se trata de uma igreja. Consideramos uma igreja como um tipo distinto, um símbolo tão facilmente reconhecido quanto uma letra do alfabeto. Ao vermos a letra L, podemos reconhecê-la sem saber que espécie de L é, se negrito ou itálico, se grotesco ou gótico, ou qualquer outro tipo. Ver os traços vertical e horizontal simplesmente juntos indica-nos que se trata de um L.

Do mesmo modo, sabemos que vimos uma igreja quando recebemos meramente a impressão de um edifício alto combinado com um campanário. E, se não estamos interessados em saber mais, usualmente não notamos mais do que isso. Mas, se estivermos interessados, a observação prosseguirá. Em primeiro lugar, procuramos verificar a impressão original. É realmente uma igreja? Sim, deve ser: o telhado é muito alto e inclinado, e, na frente, existe uma torre como um bloco retangular cravado de pé no solo. Quando observamos a torre, ela parece crescer. Descobrimos que é mais alta do que a maioria das torres, o que significa que devemos alterar a primeira impressão que tivemos dela. Durante o processo visual, parecemos colocar uma superestrutura octogonal em cima do bloco retangular – originalmente, não tínhamos sequer notado que ela era octogonal. Em nossa imaginação, ela parece sair da torre quadrada como as seções de um telescópio, até que esse trabalho de recriação – que é no que consiste todo o processo visual – termine na última parte da superestrutura por uma pequena calota arredondada. Não, não termina aí. Para completar o quadro, é necessário acrescentar o lanternim que sai da calota e os pequenos botaréus e pináculos nos cantos da torre quadrada.

O processo mental que se desenrola na pessoa que observa um edifício desse modo é muito parecido com aquele que se desenvolve na mente de um arquiteto quando projeta um edifício. Depois de ter tomado uma decisão sobre as formas principais, a largos traços, ele prossegue adicionando detalhes que brotam como botões e espinhos. Se ele conhece os ofícios ligados à construção, sabe como cada uma das partes será produzida. Ele prepara mentalmente os materiais e combina-os numa vasta estrutura. Dá-lhe prazer trabalhar com os diferentes materiais, vê-los converterem-se de uma massa amorfa de pedra e madeira ordinárias em algo bem definido, o resultado de seus próprios esforços.

A cidade de Beauvais com sua grande catedral situa-se a 74 quilômetros ao norte de Paris. Na realidade, há apenas o coro de uma catedral que jamais foi concluída, mas suas dimensões são tão enormes que pode ser avistada a muitos quilômetros de distância, erguendo-se com imponência acima das casas de quatro andares da cidade. As fundações foram iniciadas em 1247 e a abóbada, terminada em 1272. Era uma daquelas estruturas góticas que aspiram a alcançar o reino celeste, com pilares como imensas e esguias árvores que parecem perfurar o próprio céu. Esses pilares tinham cerca de 45 metros de altura. A construção provou ser audaciosa demais, entretanto, e a abóbada desmoronou em 1294. A igreja foi reconstruída 40 anos mais tarde, com a abóbada tão

SÓLIDOS E CAVIDADES EM ARQUITETURA **45**

Catedral de Beauvais.

fantasticamente alta quanto a anterior, mas agora sustentada do lado de fora por arcobotantes. E os construtores estavam, ao que parece, tão fascinados por esse problema puramente estrutural que fizeram da necessidade uma virtude e converteram os membros de sustentação numa rica composição de pilastras, arcos aviajados e botaréus, embelezados com esculturas. Em outras palavras, características puramente estruturais foram tratadas esteticamente, cada uma recebendo quase uma forma escultural.

O arquiteto pode ficar tão interessado na formação de todas as partes estruturais de um edifício que perde de vista o fato de que a construção, afinal de contas, é apenas um meio e não um fim em si. O exterior elaborado da catedral de Beauvais foi desenvolvido com a finalidade de possibilitar a nave fantasticamente alta e não por qualquer desejo de criar um monumento pontiagudo esforçando-se por perfurar os céus. Mas é compreensível que o arquiteto possa chegar à conclusão de que a finalidade de sua vocação é dar forma aos materiais com que trabalha. De acordo com a sua concepção o material de construção é o veículo da arquitetura.

Mas, perguntará o leitor, pode haver alguma outra? E a resposta é sim. É possível ter uma concepção muito diferente. Em vez de deixar sua imaginação trabalhar com formas estruturais, com os *sólidos* de uma construção, o arquiteto pode trabalhar com o espaço vazio – a cavidade – entre os sólidos e considerar a formação desse espaço o verdadeiro significado da arquitetura.

Isso pode ser ilustrado por um exemplo. Uma construção é comumente feita pela reunião de materiais no local da obra e com eles é erigida uma estrutura que fecha o espaço da construção. No caso de Beauvais, o problema era edificar uma igreja numa área plana de terreno. Mas suponhamos que o local seja um enorme e sólido rochedo e o problema consista em escavar salas no seu interior. Nesse caso, a tarefa do arquiteto seria formar espaços mediante a eliminação de material – removendo parte do rochedo, nesse exemplo. Ao próprio material não seria dada nenhuma forma, embora um pouco dele ficasse onde está, depois de a maior parte ter sido retirada.

No primeiro exemplo, a realidade é a massa de pedra da catedral; no segundo, as cavidades sem massa.

Isso também pode ser ilustrado por um exemplo bidimensional que talvez torne as coisas mais claras.

Se pintarmos um vaso preto sobre fundo branco, consideramos todo o preto como "figura" e todo o branco como o que realmente é: o fundo situado além da figura e estendendo-se de ambos os lados sem forma definida. Se tentarmos fixar a figura em nossa mente, notaremos que, embaixo, o pé se alarga em ambos os lados e, acima dele, um certo número de convexidades também se projetam contra o fundo branco.

Mas se considerarmos o branco como figura e o preto como fundo – por exemplo, um buraco na figura abrindo-se para um espaço negro –, então veremos algo muito diferente. O vaso desaparece e em seu lugar surgem dois rostos de perfil. Agora o branco passa a ser as convexidades que se projetam sobre o fundo preto e formam nariz, lábios e queixo.

Podemos transferir como quisermos a nossa percepção de uma coisa à outra, vendo alternadamente vaso e perfis. Mas a cada vez tem de haver uma completa mudança de percepção. Não podemos ver vaso e perfis ao mesmo tempo.

O estranho nisso é que não concebemos as duas figuras como mutuamente complementares. Se tentarmos desenhá-las, exageraremos involuntariamente o tamanho da área que no momento aparece como convexidades. Geralmente as formas convexas são vistas como figura, as côncavas como fundo. Isso pode ser observado na figura abaixo. Sendo o contorno aqui uma linha ondulada, é possível ver convexidades pretas ou brancas, conforme escolhermos. Mas outras figuras, com a orla recortada como a de uma concha, não são perceptivamente ambíguas.

Existem inúmeros padrões clássicos que são idênticos, seja qual for o modo como os olhemos. Um bom exemplo é encontrado nos trabalhos de tecelagem em que o padrão do avesso é uma reprodução negativa do que se apresenta do lado direito. Mas a maioria dos motivos bidimensionais que são executados em duas cores forçam o observador a ver uma das cores como figura e a outra como fundo.

Em Carli, na Índia, há numerosos templos-cavernas. Eles foram realmente criados, como descrevi acima, eliminando material – ou seja, formando-se cavernas. Aqui, é a cavidade o que percebemos, enquanto a sólida rocha circundante é o fundo neutro que ficou informe. Entretanto, nesse caso, o problema é mais complicado do que em figuras bidimensionais. Quando estamos no interior do templo, não só vivenciamos a cavidade – o grande templo de três naves escavado na rocha – mas também as colunas, que são partes não removidas da rocha, que separam as naves.

Uso deliberadamente a palavra "cavidade" porque acredito que ela ilustra esse tipo de arquitetura melhor do que a palavra mais neutra "espaço", tão frequentemente usada hoje em dia na literatura arquitetural.

Essa questão dos termos empregados na linguagem arquitetônica é de grande importância. Os historiadores de arte alemães usam a palavra "Raum" que tem a mesma raiz do inglês "room", porém com um significado mais amplo. Podemos falar do "Raum" de uma igreja no sentido do espaço claramente definido e encerrado pelas paredes exteriores. Em dinamarquês usamos a palavra "rum", que soa ainda mais como a palavra inglesa, mas tem o significado mais amplo do alemão "Raum". Os alemães falam de *Raum-Gefühl*, referindo-se à concepção ou à percepção de espaço definido. Em inglês não existe equivalente. Neste livro, uso a palavra *espaço* para expressar aquilo que em três dimensões corresponde a "fundo" em duas dimensões, e *cavidade* para o espaço limitado e arquiteturalmente formado. Alguns arquitetos são voltados para a "estrutura", outros, para a "cavidade"; alguns períodos arquiteturais trabalham de preferência com sólidos, outros com cavidades.

É possível projetar um edifício como uma composição só de cavidades mas, ao executá-lo, as paredes terão quase inevitavel-

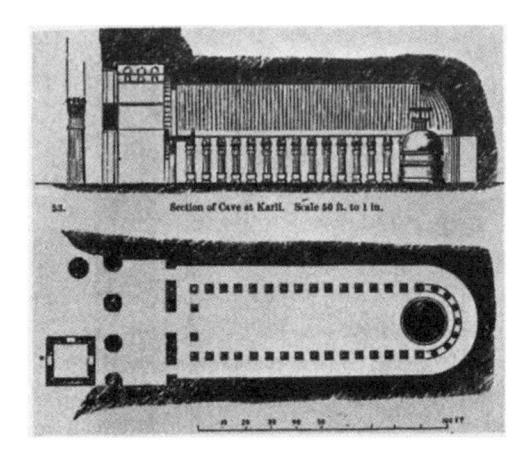

Templo-caverna em Carli, Índia. O templo foi escavado na rocha. *Em cima*: Vista do interior. *Embaixo*: Corte longitudinal e planta.

Detalhe do grupo "S. Jorge e o Dragão" na igreja Nicolai, Estocolmo. A foto mostra a lança quebrada e a cabeça do dragão. Exemplo de forma gótica típica.

mente certas convexidades que serão impostas ao observador do mesmo modo que os pilares nos templos de Carli. Embora comecemos por conceber os templos como composições de cavidades arquiteturais, acabamos por sentir a presença dos corpos das colunas. O oposto também pode acontecer. Vemos uma casa em construção e pensamos nela como um esqueleto incorpóreo, uma estrutura de inumeráveis empenas especadas nuas no ar. Mas se voltarmos quando a casa já está concluída e entrarmos no edifício, a nossa percepção será muito diferente. O esqueleto original de madeira estará inteiramente apagado da memória. Já não se pensará nas paredes como estrutura, mas como cortinas que limitam e encerram o volume das salas. Em outras palavras, passamos de uma concepção de sólidos como o fator significativo para uma concepção puramente espacial. E, embora o arquiteto possa pensar em seu edifício em termos de construção, ele nunca perde de vista a sua meta final – as salas ou os aposentos que deseja formar.

A arquitetura gótica era construcional; todos os corpos eram convexos, com cada vez mais material adicionado a eles. Se eu fosse apontar um exemplo típico de uma forma gótica, selecionaria a escultura de S. Jorge e o Dragão na igreja Nicolai em Estocolmo. O escultor estava tão enamorado das excrescências pontiagudas de toda espécie que nenhum ser humano teria possibilidade de conceber a forma do espaço em torno do dragão.

No mesmo período, uma coluna tornou-se um aglomerado compacto de hastes. Vista em corte transversal é como se ela tivesse estourado por todos os lados em pequenas protuberâncias redondas. A transição do Gótico para a Renascença foi não só uma mudança dos elementos verticais dominantes para os horizontais dominantes; mas, sobretudo, uma completa transformação de uma arquitetura de estruturas pontiagudas e bem definidas para uma arquitetura de cavidades bem formadas, a mesma espécie de mudança existente entre ver o vaso como figura para ver os dois perfis.

As ilustrações na obra do grande teórico arquitetural italiano Serlio mostram claramente a nova concepção. Uma forma renascentista favorita é a cavidade circular e abobadada. E assim

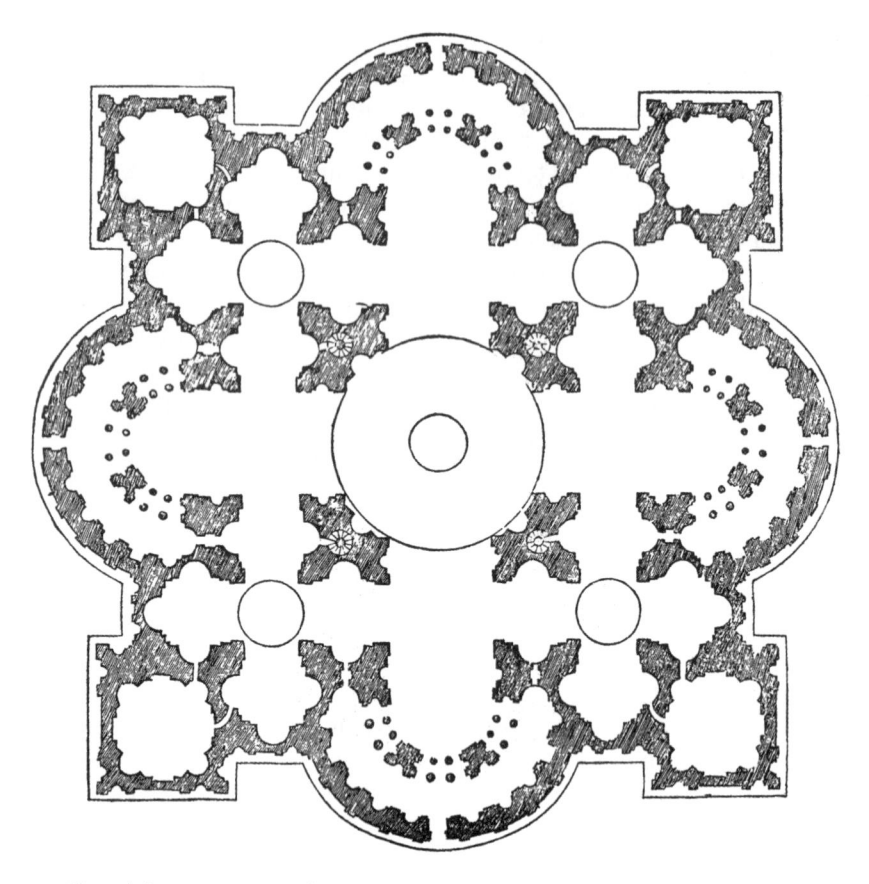

Planta de Bramante para S. Pedro, Roma. Reproduzido do livro de Serlio.

como o pilar gótico era dilatado por todos os lados num aglomerado de hastes, a cavidade renascentista foi ampliada pelo aditamento de nichos.

A planta de Bramante para a catedral de S. Pedro, em Roma, forma o mais encantador ornamento de cavidades redondas e abobadadas, conjugadas e ampliadas de todos os lados por nichos semicirculares. Se considerarmos a parte escura e sombreada como "figura", verificaremos que ela forma um remanescente bastante desconcertante, depois que as cavidades foram esvazia-

SÓLIDOS E CAVIDADES EM ARQUITETURA 53

S. Pedro, Roma, à luz de velas. De um desenho por Louis Jean Desprez, 1782.

O Palácio Municipal de Copenhague, em que o arquiteto enfatizou especialmente os sólidos, rematando-os com cristas e flechas.

Central da Polícia de Copenhague. Aqui, o arquiteto formou as cavidades. Os pátios parecem ser escavados do enorme bloco.

das das grandes massas de parede. É como um templo-caverna regular escavado no enorme bloco de construção.

A planta, como se sabe, foi alterada e a igreja hoje tem a forma um pouco diferente. O observador sensível ficará desapontado ao ver pela primeira vez o enorme recinto. À luz do dia, parece inconfortavelmente vasto e vazio. Mas, durante as grandes festividades da Igreja, o recinto transforma-se. Ele pode ser percebido, então, como o colossal templo-caverna dos ombreados. Toda a luz diurna é expulsa e a luz de milhares de velas e de candelabros de cristal é refletida pelo ouro de abóbadas e cúpulas. A igreja é agora um verdadeiro templo sepulcral fechando-se em torno do túmulo de S. Pedro.

A extraordinária transição do amor gótico pela construção para o desenvolvimento renascentista de cavidades ainda pode ser vivenciada. O arquiteto dinamarquês Martin Nyrop (1849-1921), que projetou o edifício da Prefeitura de Copenhague, tinha, como muitos de seus contemporâneos, a visão de carpinteiro, ou seja, via a arquitetura como arte estrutural. Essa visão da arquitetura pode ser tida como uma concepção gótica. Ele estava interessado em fazer de suas construções uma experiência estética, entre outros métodos, dando-lhes rica ornamentação. Mostrou em todos os detalhes como o edifício foi reunido. A Prefeitura é um vasto edifício com uma silhueta irregular, pontiaguda, de telhados de duas águas, frontões, agulhas e pináculos.

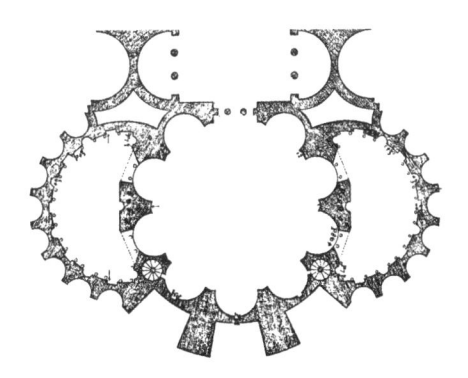

Planta de Minerva Médica, Roma. Reproduzido de Palladio.

Na época em que um outro edifício monumental foi projetado em Copenhague, a concepção arquitetural tinha sofrido uma reviravolta completa. Esse edifício, o da Central da Polícia, é formado como um gigantesco bloco cortado horizontalmente no topo. Nada se projeta acima da faixa horizontal que remata as paredes. Toda a estrutura está cuidadosamente escondida; é impossível ter-se qualquer ideia de como o edifício foi construído. Percebe-se uma rica composição de cavidades regulares: pátios circulares e retangulares, escadarias cilíndricas, salas redondas e quadradas com paredes absolutamente lisas.

O prédio da Prefeitura de Nyrop é embelezado com janelas de sacada semicirculares que ressaltam da fachada. As muitas cavidades do edifício da Central da Polícia, por outro lado, são enriquecidas com nichos semicirculares que recuam nas sólidas massas das paredes.

3. EFEITOS CONTRASTANTES DE SÓLIDOS E CAVIDADES

A sudeste de S. Pedro, em Roma, há um monumento renascentista de uma beleza clássica ímpar: a porta da cidade chamada Porta di Santo Spirito, por Antonio da Sangallo.

É difícil decidir o que confere a essa estrutura seu caráter nobre. À semelhança dos arcos triunfais da Roma antiga, ela é composta inteiramente de elementos familiares: um arco abobadado numa moldura de colunas e nichos. Mas, na frente ligeiramente abaulada, cada um desses elementos antigos apresenta-se numa forma nova e sublime, surpreendentemente compacta e impressionante. Os nichos nos arcos triunfais antigos eram, em sua maioria, simplesmente pequenos recessos destinados a receber estátuas. Na Porta di Santo Spirito, o nicho adquiriu uma existência mais independente como uma forma côncava cortada em profundidade na massa de pedra. É tão grande que avança além da cornija, a qual forma a imposta do arco da porta; ela continua até penetrar no nicho, projetando sombras profundas e propiciando maior ênfase ao corpo cilíndrico. De igual simplicidade e grandeza são as meias-colunas com suas formas ligeiramente dilatadas, as quais são acentuadas pelas curvas em suas bases.

A porta nunca foi concluída, mas não se sente que algo esteja faltando. Dificilmente seria melhorada pelo aditamento de capitéis e de todos os outros detalhes usualmente encontrados nos entablamentos tradicionais. O corte horizontal das colunas –

A ilustração acima mostra a Porta di Santo Spirito, Roma.

como se tivessem sido truncadas – fornece uma imagem clara de sua forma cilíndrica. Entretanto, o que mais impressiona nessa peça de arquitetura é que ela está totalmente isenta de ornamentos; apenas possui molduras vigorosas e bem marcadas que sublinham as formas principais em pontos decisivos e enfatizam linhas importantes pela sombra densa que projetam. A construção toda foi feita com tal força e imaginação que o observador sente estar diante de um grande edifício, embora trate-se, na realidade, apenas de um grande relevo, um embelezamento na muralha que cerca um arco. A alternação rítmica de formas côncavas e convexas produz um extraordinário efeito de ordem e harmonia. Há um intervalo conveniente entre as formas contrastantes, de modo que o olho pode saciar-se de uma forma antes de passar ao contramovimento da seguinte.

Foi assim que os elementos da arquitetura clássica se apresentaram ao povo italiano da Renascença. Os italianos vivenciaram esses elementos nas belas ruínas romanas que, nessa época, como

EFEITOS CONTRASTANTES DE SÓLIDOS E CAVIDADES **59**

Michelangelo: Porta Pia, Roma.

ainda hoje, eram indubitavelmente ainda mais impressionantes do que tinham sido em sua forma original. Revestimentos de mármore, ornamentos dourados e de bronze, esculturas e todos os pequenos detalhes tinham desaparecido. De pé restavam apenas as grandes formas principais, as nobres massas de muralhas com suas colunas, arcos e nichos. Os teóricos da arquitetura renascentista conseguiram transferir esse aspecto de sublimidade e grandeza para as ilustrações de seus livros sobre arquitetura, nos quais simples xilogravuras apresentavam somente a principal estrutura, sem quaisquer detalhes mesquinhos. E foi nesse espírito que Antonio da Sangallo criou a sua Porta di Santo Spirito.

Cerca de 20 anos depois, Michelangelo projetou para as muralhas de Roma uma outra porta de caráter muito diferente: a

Porta Pia, na divisa leste da cidade. O espectador que tentar absorver cada detalhe dessa porta não experimentará um sentimento de harmonia ou equilíbrio. É impossível escolher qualquer forma isolada e tentar obter uma imagem lúcida dela sem que sua antítese force sua inclusão na imagem, exigindo ser também considerada. Os mais bizarros detalhes acumulam-se em fantásticas combinações: duro contra macio; corpos salientes colocados em recessos profundos e sombrios. As linhas quebradas do arco retangular são vistas em conjunto com o arco de descarga grande e redondo que contém a máscara humana. Nas sombras do frontão triangular, os motivos acumulam-se: volutas tensamente enroscadas, um festão pendente e uma grande placa branca com uma inscrição. Enquanto na porta de Sangallo uma forma perfeitamente constituída se segue a uma outra através de toda a superfície, na de Michelangelo um número incrível de detalhes barrocos são aproximados da grande parede plana para o centro, onde se chocam em poderoso conflito. E, mantendo-se à parte de tudo isso, estão as amplas janelas de cada lado, com seus simples detalhes de peso e serenidade.

A porta de Sangallo representa um esforço de equilíbrio e harmonia. A de Michelangelo é deliberadamente irrequieta, um esforço para criar uma arquitetura que fosse percebida como espetacular.

A um período de arquitetura rigorosamente correta segue-se frequentemente um em que os edifícios se desviam dos cânones aceitos. Pois a verdade é que, quando nos familiarizamos com as regras, os edifícios que lhes obedecem tornam-se monótonos, enfadonhos. Portanto, se um arquiteto quer que o seu edifício seja uma autêntica experiência, ele deve empregar formas e combinações de formas que não deixem o espectador afastar-se tão facilmente, mas, pelo contrário, o forcem à observação ativa. Dissemos na p. 47 ser impossível ver os perfis e o vaso ao mesmo tempo, e que é necessário um ato de vontade se quisermos transferir o olhar de uma figura para a outra. Do mesmo modo, uma composição tridimensional em que se espera que o espectador perceba convexidades e concavidades requer um esforço enérgico de parte dele, uma constante mudança de concepção. Um outro modo de causar uma forte impressão consis-

EFEITOS CONTRASTANTES DE SÓLIDOS E CAVIDADES **61**

Porta Pia, Roma. Cornija vista de baixo.

te em empregar formas familiares a que se incute uma interpretação excêntrica que apanhe o espectador de surpresa e o force a olhar a obra mais detalhadamente. Em ambos os casos, é uma questão de criar efeitos puramente visuais. Um arquiteto interessado em construção pela construção, ou em cavidade pela cavidade, não empregará tais contrastes ou maneirismos. É difícil imaginar alguém tentando enfatizar o efeito de uma grande ponte de ferro usando detalhes contrastantes. Mas o artista que deseja criar um efeito visual sensacional pode empregar tais meios a fim de acentuar determinadas partes da obra. Ele contempla-a, adiciona algo que enfatizará ou imprimirá relevo, dá um passo atrás, olha-a de novo e pondera como poderá obter um efeito ainda mais forte – por exemplo, criando uma cavidade profunda, uma sombra escura por trás dos contornos iluminados de um corpo.

Em todas as épocas podem ser encontrados maneirismos desse gênero, com uma predileção pelo visualmente eficaz. Mas também há períodos inteiros que são totalmente dominados por tais tendências estéticas. Após os esforços da Renascença para criar um estilo puro e simples que, à semelhança de seu protótipo clássico, apresentasse perfeito equilíbrio e harmonia, seguiu-se um período em que artistas de toda a Europa se lançaram numa orgia de experimentação maneirista. Surgiu naturalmente – não como uma ruptura com o período precedente, mas como uma continuação dele, em que os artistas trabalharam exclusivamente com as mesmas formas. Na arquitetura, empregaram as colunas, portais, molduras e cornijas clássicos que tinham chegado até eles; na pintura e escultura, adotaram figuras e poses das estátuas clássicas, em vez de estudarem a vida à sua volta. Em outras palavras, o problema desses artistas era dar prosseguimento à obra iniciada por seus predecessores, arranjar em vez de criar. A apresentação eficiente era, portanto, de importância fundamental. Os séculos anteriores tinham produzido tapeçarias que eram verdadeiros prados de flores encantadoras, sendo que cada uma delas tinha sido botanicamente estudada antes de ser plantada no campo verde. Mas, agora, surgiam opulentos buquês e luxuriantes arranjos de frutos em que flores e frutas sumamente inverossímeis eram reunidos em combinações ricas em contrastes de forma e cor.

Na arquitetura, esse maneirismo pôde levar a um luxuriante buquê de formas como a Porta Pia de Michelangelo, mas também foi capaz de produzir um edifício extremamente encantador como o Palazzo Massimo alle Colonne, em Roma (projetado por Baldassare Peruzzi, m. 1536).

Hoje, esse edifício está localizado numa rua ampla, Corso Vittorio Emmanuele, mas nem sempre foi essa a sua situação. A rua só foi ampliada para a sua largura atual em 1876. Para compreendermos as condições para as quais o edifício foi projetado, devemos nos imaginar de volta à velha Roma tão excelentemen-

Porta Pia, Roma. Detalhe das janelas laterais.

te apresentada no mapa de Giambattista Nolli a partir de meados do século XVIII (p. 70). Nele os blocos de prédios são indicados pelos sombreados e, entre eles, as ruas estreitas formam um padrão claro e caótico. Mas não só as ruas e praças são mostradas em branco; também os pátios de entrada e os interiores de igrejas apresentam-se como cavidades claras na massa escura. Aí encontramos o nosso palácio na estreita e curvilínea Strada della Valle, no final de uma rua ainda mais estreita, a Strada del Paradiso. Por ter dimensões muito pequenas, o edifício ajusta-se perfeitamente às suas cercanias, com sua encantadora fachada convexa acompanhando a curva da rua. Nessa época, era impossível ficar suficientemente distanciado dele para ver o edifício por inteiro. Da calçada oposta só se podia obter uma vista da *loggia* aberta do andar térreo, que parecia formar uma continuação

64 ARQUITETURA VIVENCIADA

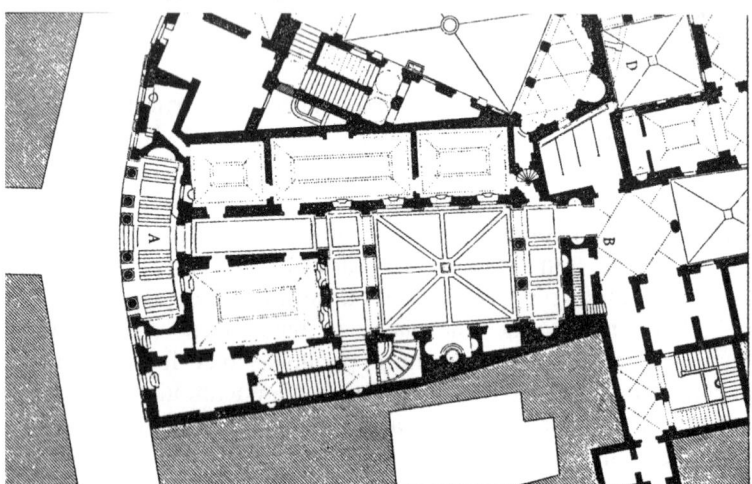

Palazzo Massimo alle Colonne, Roma. Fachada. Planta com o *layout* original das ruas. Escala 1:500.

EFEITOS CONTRASTANTES DE SÓLIDOS E CAVIDADES **65**

Vista lateral da *loggia* da entrada do Palazzo Massimo alle Colonne, Roma.

da rua. Em vez da entrada arqueada da maioria das casas renascentistas, tem uma funda e escura cavidade cortada no sólido bloco, uma cavidade que parece ainda mais sombria por trás dos luminosos pares de colunas. Todo o motivo era tão incomum que o palácio ficou conhecido como o palácio de Massimo com as colunas. Da *loggia*, um corredor de pedra leva até um pequeno pátio onde se repete o mesmo contraste de cavidade e colunas. Os dois lados do minúsculo pátio são formados por uma colunata com abóbada de volta de berço, também uma cavidade, a qual é perfurada por três aberturas para a luz, cortadas obliquamente na superfície cilíndrica do teto. Desse pátio, um novo corredor de pedra conduz a um pátio ainda menor de caráter diferente e daí, através de uma sombria arcada, para a rua dos fundos. O Palazzo Massimo não é bizarro da mesma maneira que a Porta Pia o é, mas, à sua própria maneira, é espetacular. Em contraste com outros palácios da Renascença, que parecem ter sido criados de acordo com uma lei única que impregna as construções do começo ao fim, o Palazzo Massimo está repleto de deliciosas surpresas, uma caprichosa composição de luz e sombra, de espaços abertos e fechados. Tal como a Porta Pia, o edifício parece muito pesado. É, sob todos os aspectos, uma estrutura surpreendente para se encontrar em Roma, ao passo que pareceria inteiramente natural se a fachada tivesse sido projetada para ficar de frente para um canal veneziano. Uma carruagem não pode entrar no pátio, mas só chegar até a casa, tal como as gôndolas são ancoradas nos degraus que levam do canal às *loggias* e pátios. Não seria correto supor que as circunstâncias exteriores ditaram o traçado incomum do edifício. O arquiteto descobriu certas possibilidades no local e soube como tirar proveito delas. Outros viram o resultado e, mais tarde, apareceram em Roma muitos edifícios em que os arquitetos exploraram vantajosamente os efeitos espaciais que são impressionantes numa cidade com ruas muito estreitas.

A oeste da longa Piazza Navona há uma rede extremamente emaranhada de ruas velhas e estreitas repletas de surpresas: aqui uma pequena praça com uma feira palpitante de vida policroma, ali uma torre medieval, logo um sombrio palácio do início da Renascença, mais adiante uma igreja barroca dominando seu pequeno adro. A palavra "corredor" tem sido frequentemente usada em relação a essas ruas romanas estreitas e, em todo caso, reproduzimos aqui uma rua que é mais estreita e muito mais escura do que vários corredores internos de palácios romanos. Próximo a sua outra extremidade, ela torna-se ainda mais estreita, terminando numa sombria passagem em arco que desemboca no adro fronteiriço da igreja de S. Maria della Pace.

Roma possui muitas praças que são os adros de igrejas, mas esse é, indubitavelmente, um dos mais incomuns, fechado como está por estruturas arquiteturais de todos os lados. A própria

Vista do pátio do Palazzo Massimo alle Colonne, Roma.

igreja é muito mais antiga, mas o pátio de entrada e a fachada da igreja foram projetados e construídos como uma só composição por Pietro da Cortona, por volta de 1660. Embora os edifícios que formam as paredes do adro tenham diferentes funções, foi permitido dar-lhes fachadas uniformes. Estão decorados no mesmo estilo firme, bem definido, que 100 anos antes fora empregado no exterior do Palazzo Massimo. Pilastras toscanas comprimem-se entre placas de estuque. Poder-se-ia chamar-lhe arquitetura de prancheta. As placas de estuques não pretendem, em absoluto, dar a ilusão de uma obra pesada de alvenaria, mas

Uma rua como um corredor: Via di Monte Vecchio em Roma, vista de um telhado.

apenas sugerir, em baixo-relevo, um padrão de motivos muito conhecidos. Essas fachadas modestas e um pouco teatrais são como uma tela gigantesca dobrando-se em muitos ângulos em torno da igreja. Elas impossibilitam que nos coloquemos a certa distância para ver todo o conjunto de um só relance, mas esse fato apenas torna mais efetiva a grandeza da arquitetura. A parte inferior da igreja tem os mesmos elementos horizontais dos outros edifícios que circundam o adro, porém em relevo maior.

Entrada norte para Santa Maria della Pace, Roma. Ponto A na planta da p. 71.

Tal como no Palazzo Massimo, a fachada abre para uma *loggia* com colunas quase idênticas às do Palazzo, até mesmo em suas dimensões. Mas aqui, em vez de uma frente ligeiramente convexa, temos um pórtico ousadamente curvilíneo que avança sobre o pequeno pátio. É uma experiência emocionante sair da passagem estreita e escura para o pátio banhado de sol e depois voltar--se e deparar com a entrada da igreja, como um pequeno templo

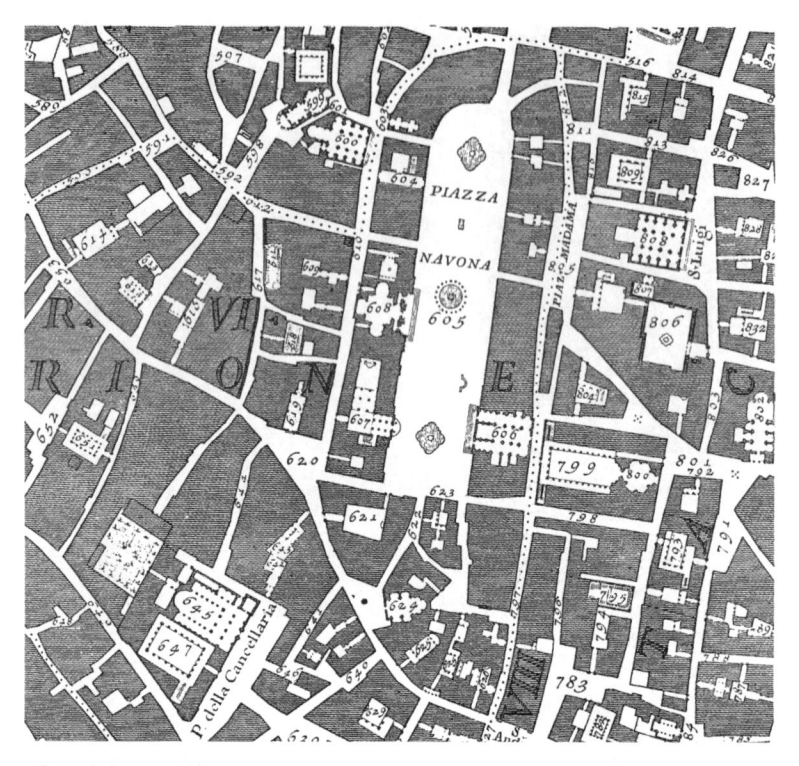

Planta do bairro que circunda S. Maria della Pace, Roma. Reproduzido do mapa de Nolli, 1748. No alto, à esquerda, o n.º 599 assinala a igreja de S. Maria della Pace; em frente a ela, a igreja de S. Maria dell'Anima é assinalada pelo n.º 600; embaixo, n.º 625, o Palazzo Massimo.

redondo cercado por uma cavidade fria e repleta de sombras. E, acima, o extraordinário arranjo das colunas reduplicadas é ainda mais espetacular.

A parte superior da fachada é uma composição de formas curvas e angulares. O interior parece estar pressionando contra a parede, empurrando-a para fora num tremendo abaulamento. Quase podemos ver como ela se rompe, formando uma abertura que se mantém coesa em virtude do frontão segmentado que enche a sombra da vasta empena. E todo esse corpo tenso e gigantesco emerge do profundo nicho da fachada côncava, tal como, embaixo, a *loggia* sobressai e avança no pátio. Quando,

S. Maria della Pace, Roma. A fachada de Pietro da Cortona, vista do ponto B no plano abaixo.

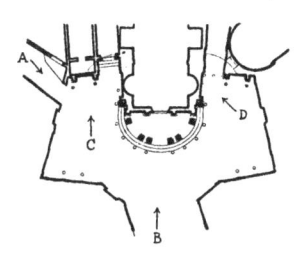

Detalhe de S. Maria della Pace, Roma, visto do ponto C no plano da p. 71.

como aqui, a arquitetura é interpretada como formas que se dilatam, pressionam, empurram etc. – todos fenômenos de movimento –, ela é realmente uma tentativa de mostrar como o espectador recria as massas edificadas através do processo visual. É dado muito sobre que pensar ao observador, embora nada disso possa dizer-lhe o que o próprio edifício contém. É pura teatralidade, uma representação de formas arquiteturais. O pequeno adro converteu-se num palco.

Mas dramático isso certamente é, um exemplo esplêndido de como as formas podem, por si só, propiciar uma impressão de grande magnificência. Era exatamente o que a Contrarreforma

Detalhe de S. Maria della Pace, Roma, visto do ponto D no plano da p. 71.

necessitava e, portanto, Roma foi embelezada por muitas fachadas de igrejas em que formas protuberantes implantadas em profundos recessos foram empregadas com grande virtuosismo.

Isso se deu tanto em fachadas inteiras, como S. Agnese, S. Andrea no Quirinal e S. Ivo, como também em muitos detalhes. Contígua à igreja de S. Carlino alle Quattro Fontane, projetada por Borromini, a qual possui uma espetacular fachada côncava--convexa, está a porta do pequeno claustro ligado à igreja. O vão é emoldurado como que por dobras petrificadas de colgaduras, em que um sulco profundo é cercado por pesadas contas e estas

Fachada de S. Carlino, Roma. Igreja e mosteiro foram projeto de Borromini.

Detalhe da entrada do mosteiro de S. Carlino em Roma.

Campanário de S. Andrea delle Fratte em Roma.
Arquiteto: Borromini.

Detalhe da Fontana di Trevi, Roma.

formas redondas são contrapostas a outras angulares. Borromini, que criou esse edifício, também projetou o campanário de S. Andrea delle Fratte. Nenhum artista maneirista teria tido qualquer razão para envergonhar-se dessa obra fantástica.

A mais notável das muitas praças de Roma é, indubitavelmente, aquela que contém a Fontana di Trevi. Aí, as ruas estreitas convergem para uma *piazza* oblonga, em plano inferior, circundada por edifícios de tom amarelo-ocre. O chão foi rebaixado a fim de receber um enorme tanque de pedra que está cheio de água. E, em violento contraste com essa composição puramente espacial, o arquiteto da fonte amontoou uma paisagem de rocha encrespada, irregular, que se choca com a pedra talhada e polida do tanque. A água jorra em cascatas sobre as rochas e no mármore envolto em ondas de espuma. Tritões conduzem seus fogosos corcéis brancos, enquanto acima de tudo isso um palácio renas-

EFEITOS CONTRASTANTES DE SÓLIDOS E CAVIDADES 77

"Casa na Queda d'Água", em Bear Run, Pensilvânia, de Frank Lloyd Wright. A queda d'água sobre a qual a construção se projeta.

centista, com colunas, estátuas e pesadas cornijas, preside serenamente a fantástica cena.

Na Pensilvânia, em nossos dias, Frank Lloyd Wright criou sua fantasia em torno de cavidade, rocha, arquitetura e escultura. Não é num ambiente citadino, mas num vale montanhoso no campo. Aproximamo-nos através de um bosque encantador onde o sol mal penetra a espessa folhagem das árvores; caminhamos por estreitas e sinuosas veredas até que, quase de súbito, vemos as leves linhas horizontais da casa entre os troncos verticais e os galhos folhosos do arvoredo. Numa fotografia frequentemente reproduzida, o edifício apresenta-se como uma composição, recortada contra o céu, de grandes placas de concreto escoradas por vigas cantiléver sobre uma queda d'água. Na realidade, porém, a casa é muito menos forçada. Quando as árvores estão

A "Casa na Queda d'Água", de Frank Lloyd Wright, mostrando o contraste entre a pedra muito rústica e as paredes lisas de concreto branco. Observe-se como a casa se ajustou ao cenário natural circundante.

repletas de folhas, não é possível vê-la na perspectiva distorcida. O visitante descobre uma residência íntima e acolhedora, uma parte orgânica de seu ambiente de encostas do vale e cenário natural. A queda d'água ergueu-se onde camadas de rocha sobressaem na luz da profunda ravina, formando uma grande plataforma que quebra a queda d'água quando esta corre de um nível superior para um inferior. Wright continuou a composição da Natureza de elementos horizontais e rochas maciças na grande depressão do vale. A casa é inteiramente composta de massas horizontais que parecem tão naturais aí quanto as rochas salientes da queda d'água, e os aposentos sobressaem da água corrente. De suas janelas e varandas, podem-se contemplar as copas das árvores. Os materiais de construção foram, em parte, pedra

EFEITOS CONTRASTANTES DE SÓLIDOS E CAVIDADES 79

A "Casa na Queda d'Água", de Frank Lloyd Wright. As formas suaves da figura esculpida em justaposição com os blocos rusticados de pedra, tal como na Fontana di Trevi.

falquejada de uma rusticação muito característica e, em parte, placas polidas de cimento branco, com as janelas de vidro e esquadrias de aço. O espaçoso *living* tem o piso de pedra composto em parte pela própria rocha sobre a qual a casa foi construída, e as paredes são de vidro e pedra. Com seu mobiliário refinado, obras de arte e sua vista das copas das árvores, é uma sala deliciosamente confortável, marcada pela qualidade e cultura.

Essa casa é um bom exemplo dos esforços de Frank Lloyd Wright para harmonizar a arquitetura com a natureza. Quando ele constrói entre rochas, suas casas erguem-se no ar, quando constrói numa planície, elas expandem-se horizontalmente. E ele enfatiza a horizontal para que não possamos deixar de senti-la, por exemplo, por meio de beirados sobranceiros que projetam longas sombras horizontais.

Frank Lloyd Wright: Interior do edifício da Johnson Wax Company, em Racine, Wisconsin.

Em seu desejo de obter efeitos incomuns, Wright cria um maneirismo próprio, com acentuações, recessos, contrastes engenhosos entre formas côncavas e convexas, justaposição de materiais toscos e refinados. Assim como a Casa na Queda d'Água possui traços em comum com a Fontana di Trevi, muitos de seus outros edifícios têm traços barrocos. Ele produz frequentemente uma impressão de peso e volume extras, ao permitir que corpos sólidos penetrem no espaço arquitetônico. Também trabalha com formas contrastantes, curvas que mudam de côncavas para convexas, como nos interiores do famoso edifício da Johnson Wax Company, em Racine, Wisconsin, acima ilustrado. Em residências, Wright prefere o chamado "plano aberto", no qual, como em muitas composições barrocas, os cômodos fundem-se uns nos outros e são articulados pela interpenetração de pesados corpos arquiteturais, o que os torna ainda mais interessantes. Não existe hoje a mesma demanda de grandiosidade e riqueza em arquitetura que havia durante a Contrarreforma. Contudo, nos últimos 50 anos, alguns arquitetos trabalharam com eficazes contrastes de sólidos e vazios. Eric Mendelsohn, na década de 1920, deu ao edifício da editora Mossehaus, em Berlim, um exterior que era tão extravagante quanto o das fachadas de igrejas barrocas. Mas em vez da reduplicação de colunas, pilastras e outros elementos verticais, ele enfatizou todos os horizontais.

Na Dinamarca, entre 1910 e 1920, o arquiteto Carl Petersen tentou elaborar uma doutrina mais deliberada de estética arquite-

Eric Mendelsohn: Mossehaus, Berlim.

Carl Petersen: Museu de Faaborg, Dinamarca. Fachada.

tural do que as gerações anteriores de arquitetos haviam conhecido. Ela foi materializada em seu edifício para o museu da pequena cidade provinciana de Faaborg. O exterior é um jogo com os mesmos efeitos que foram usados por arquitetos barrocos em Roma: contrastes de côncavo e convexo. A linha da construção recua numa grande curva para formar um pequeno pátio de entrada que é penetrado pela ala principal, a qual projeta sua massa na concavidade. Nesse vasto corpo há uma cavidade – o profundo orifício da entrada, onde o arquiteto colocou duas colunas cilíndricas.

Carl Petersen também formulou a sua nova estética em uma conferência que teve como título significativo: "Contrastes". Ele exerceu grande influência sobre os seus contemporâneos, culminando no estilo maneirista neoclássico do edifício da Central da Polícia de Copenhague. Palladio foi estudado, mas o resultado está mais próximo do Palazzo Massimo, de Peruzzi. O edifício da Central da Polícia é uma composição de cavidades regulares unidas em sequência espetacular, conduzindo ao pátio retangular mais interior do edifício, onde os imensos cilindros de pedra das colunas estão implantados em contraste eficaz. Também aí está colocada, num enorme nicho, uma estátua maneirista – o Matador de Serpentes, de Utzon Frank –, um contraste em material e dimensões com os outros elementos do pátio. Do mesmo modo, os portais para as escuras passagens laterais, com placas de cantaria como gavetas puxadas das paredes planas, foram projetados apenas para criar efeitos visuais fortes.

Central da Polícia, Copenhague. Vista do pátio retangular desde o pátio circular. Comparar com Palazzo Massimo, Roma, na p. 64.

Quando atravessamos os pátios monumentais do prédio da Central da Polícia, nada indica que eles tenham qualquer outra função além da função puramente estética de criar contrastes efetivos entre si. A única impressão que se tem é a de um templo dedicado à "arquitetura grandiosa" ou, antes, aos efeitos arquiteturais grandiosos.

O emprego simultâneo de massas e cavidades em contrastes eficazes leva a obras que se situam numa das periferias da arquitetura, vizinha do teatro e, por vezes, da escultura. Mas, de qualquer modo, pertencem à arquitetura. Existem problemas que são mais bem resolvidos pela utilização de efeitos visuais e há arquitetos que fazem seus melhores trabalhos na arquitetura espetacular. Com efeito, existem períodos inteiros que encontram nesse tipo de arquitetura sua verdadeira expressão.

Central da Polícia, Copenhague. Passagem no pátio retangular.

4. A ARQUITETURA VIVENCIADA COMO PLANOS DE COR

Não percebemos todas as coisas como massa ou vazio. Objetos muito distantes parecem, muitas vezes, completamente planos. Muitas formações de nuvens são vistas unicamente como figuras bidimensionais contra o fundo do céu. Um trecho distante de costa que surge além do mar parece meramente uma silhueta. Vemos os contornos, mas não temos a impressão de profundidade. Até mesmo Manhattan, com sua profundidade de 13 milhas, parece o pano de fundo pintado de um teatro, quando vista do convés de um navio que esteja entrando na barra.

Existe um lugar no mundo onde tais fenômenos – frequentemente observados perto da água – são muito impressionantes, e esse lugar é Veneza.

Vindo do Adriático, que forma uma espetacular paisagem marinha de cristas de ondas com sombras de um azul ultramarino espantosamente intenso, em direção às águas planas das lagunas por trás do cordão de ilhas, sentimo-nos transportados para um mundo irreal onde os conceitos usuais de forma perderam todo o significado. Céu e água fundem-se numa brilhante esfera azul no meio da qual escuros barcos de pesca deslizam, e as ilhas rasas parecem simplesmente faixas horizontais flutuando.

A própria Veneza surge como uma miragem, uma cidade onírica pairando no éter. E essa impressão de irrealidade persiste até o limiar. Os fantasmas coloridos das edificações, flutuando nu-

Lado norte da praça de S. Marcos, Veneza, decorado com tapetes. Maio de 1956.

ma superfície aquática, parecem mais leves do que todas as outras casas vistas até então. Veneza deve ter parecido ainda mais exótica no passado. Nesse tempo, quando todas as cidades que se prezavam eram cercadas por fortificações sumamente ameaçadoras e impenetráveis, a primeira impressão que ela devia causar era a de uma espécie de paraíso terrestre onde não havia medo, com as delicadas e graciosas arcadas de seus prédios repletos de pessoas despreocupadas. Vastas e animadas praças de mercado abriam-se para o mar. Se outras cidades fortificavam o cume de uma montanha com grossas muralhas sem uma única abertura, Veneza estava construída à beira de águas rasas, com palácios brilhantemente pintados e completamente rasgados por janelas e *loggias* com colunas. Em vez de enfatizar o peso e a solidez, Veneza fascinava pela alegria e pelo movimento.

Esquina do Palazzo Danieli, Veneza. Note-se a janela que se parece mais com uma decoração exterior – um tapete de oração pendente com mísulas como pesos de cada lado – do que com uma abertura na parede.

Aí começou o Oriente, mas um Oriente transfigurado, idealizado. A cidade era uma verdadeira casa do tesouro, com sua riqueza de coloridas mercadorias oriundas de três continentes. E, quando se enfeitava nos dias festivos, nenhuma outra cidade europeia podia rivalizar com sua pompa e suntuosidade. Do Oriente, Veneza aprendera como transformar suas casas e criar uma atmosfera de esplendor pendurando tapetes de alto preço em suas janelas. Ainda hoje, durante as grandes festividades, podem-se ver os edifícios em redor da praça de S. Marcos adornados desse modo. Mesmo sem tal ornamento, os edifícios são extraordinários monumentos da cultura de uma cidade ímpar. Todo o lado norte, as *Procuratie Vecchie*, é um edifício semelhante a uma extensa galeria de 150 m de comprimento, que data aproximadamente de 1500. Ao

Palácio dos Doges, Veneza. A parte superior vasta e pesada parece leve porque está revestida com placas de mármore cor-de-rosa e branco, num amplo padrão axadrezado.

nível da rua, há uma arcada com lojas e acima estão dois andares com janelas entre colunas, como os camarotes num teatro. Quando tapetes são colgados das janelas estreitamente intervaladas, eles cobrem por completo os vários detalhes esculpidos da fachada. Em vez de um bloco ricamente esculpido, o edifício é transformado numa coleção de planos figurados e coloridos. Depois de ver essa decoração, torna-se mais fácil compreender os outros edifícios. Eles são tentativas de tornar permanentes esses arranjos festivos. Os pisos de mosaico em S. Marcos são, na verdade, ricos tapetes modelados em pedras coloridas, e o padrão do revestimento de mármore sobre as antigas paredes de tijolo da igreja assemelha-se a finos tapetes com amplas bordas coloridas.

Mas o exemplo mais notável é o palácio dos Doges. Contrariamente a todas as regras arquitetônicas, suas paredes são maci-

A ARQUITETURA VIVENCIADA COMO PLANOS DE COR **89**

Palácio veneziano com fachada que se assemelha a um arranjo de tapetes orientais: tapetes de oração e outros com orlas decorativas e debruns encordoados.

ças na parte superior e completamente abertas na parte inferior. Mas isso nada tem de perturbador. Não é suscitado nenhum sentimento de desequilíbrio e excesso de peso. A parte superior, embora realmente sólida e pesada, parece leve, mais flutuante do que inerte. Esse efeito foi conseguido revestindo-se as paredes de mármore branco e vermelho, num extenso padrão axadrezado. O desenho é cortado arbitrariamente nas bordas, como se fosse uma gigantesca peça de tecido cortada na medida certa para se ajustar à parede. Sob luz artificial, a fachada, destacando-se luminosa contra o céu escuro, torna-se completamente sobrenatural; mas até sob a ofuscante luz do sol, não é um colosso de pedra sobre pés de barro, mas uma superfície alegre que lembra uma tenda. Nas esquinas há colunas trançadas e também elas são diferentes de outras colunas. São tão delgadas que deixaram de ser elementos de sustentação, mas simples guarnições, como o cordão de debrum que os estofadores usam para esconder costuras. Conta-se que Potemkin erigiu cenários que fizeram surgir como que por encanto florescentes cidades ao longo do trajeto de uma viagem realizada por Catarina, a Grande. Imagina-se que ele tenha usado frágeis armações cobertas com tela pintada, a fim de obter o efeito de construções sólidas para iludir a imperatriz. Em Veneza, foi feito o inverso. Ao longo do Grande Canal, enormes palácios sucedem-se um a outro. São mais profundos do que largos, construídos inteiramente de pedra e tijolo revestidos de mármore ou estuque nas tonalidades vermelho-veneziano ou castanho-avermelhado. Os arquitetos conseguiram fazê-los parecer coloridas decorações festivas de materiais insubstanciais.

O Grande Canal é sobretudo um lugar de festividades e o cenário de esplêndidas regatas. Durante séculos, os moradores do canal deleitaram-se em decorar suas casas com flores, bandeiras e dispendiosos tapetes, tal como fazem na praça de S. Marcos – e também aí foram feitas tentativas para tornar a decoração permanente. Esses palácios de extraordinária leveza não se caracterizam, como outros edifícios, por certos elementos arquitetônicos que servem de sustentação e outros que são sustentados. São simplesmente divididos por molduras estreitas, entrançadas como cordas ou decoradas como guarnições, e entre as molduras estendem-se os planos coloridos das fachadas. Até as janelas parecem ser mais ornamentos superficiais do que aberturas nas paredes. Arcos ogivais estão inscritos num campo retangular, assemelhando-se a tapetes de oração islâmicos pendentes da fachada, os quais são, eles próprios, representações planas de um nicho numa parede. Também existem edifícios góticos em Veneza, igrejas de audaciosa construção. Mas o gótico dos palácios é meramente ornamental. O arco ogival embelezado com arabesco rendilhado é simplesmente uma decoração na superfície da fachada. Na pintura de Gentile Bellini, um dos edifícios (que ainda pode ser visto em Veneza) parece estar inteiramente coberto de tapetes colgados. A superfície da parede tem um padrão têxtil, as janelas assemelham-se a tapetes de oração e, entre duas delas, ainda um outro tapete parece estar pendurado, enquanto o conjunto

Detalhe da pintura de Gentile Bellini do Milagre do rio de S. Lorenzo.

O Grande Canal, Veneza, visto dos degraus do Palazzo Grimani. Para a esquerda, a base do palácio renascentista, um pesado bloco em contraste com os palácios mais leves ao fundo.

todo é orlado de gregas e galões. Também os edifícios venezianos do início da Renascença, com seus revestimentos planos de mármore policromo, dão frequentemente a impressão de estruturas leves em disposição festiva. Os edifícios dos dois períodos são os mesmos, apenas o padrão exterior mudou: o arco ogival foi substituído pelo arco redondo.

Parece haver uma ligação entre o colorido da arquitetura veneziana e a luz especial que predomina em Veneza, onde existem muitos reflexos do céu meridional e da água. As sombras nunca se tornam completamente negras e insignificantes; são iluminadas por reflexos bruxuleantes, cintilantes, que dão às cores uma riqueza especial. Durante o período em que a arquitetura era leve e colorida, a arte veneziana também resplandeceu com intensa cor, como pode ainda ser visto em S. Marcos. Só podemos imaginar tenuemente até que ponto isso se harmonizava com o palácio dos Doges, quando o seu interior estava decorado com os tons puros de cores da pintura plana medieval.

Mas a Alta Renascença trouxe novos ideais arquitetônicos à cidade incorpórea. Os edifícios já não dependeriam de planos coloridos para a obtenção de efeitos, mas do relevo, dos volumes maciços e das sombras dramáticas. Recentemente, uma comissão responsável pela proteção das fachadas venezianas impediu a construção de uma casa projetada por Frank Lloyd Wright, com o argumento de que ela não se harmonizava com o caráter geral da cidade. Na realidade, o maneirismo de Wright não era mais alheio à velha arquitetura veneziana do que a Alta Renascença. O rompimento decisivo com a evolução ordenada da arquitetura veneziana ocorreu quando esses grandes e maciços edifícios, com alvenaria pesadamente rusticada e ordens pronunciadas, foram introduzidos entre as estruturas mais leves, com suas paredes coloridas.

O interior do palácio dos Doges foi destruído por um incêndio em 1483 e, mais tarde, as enormes salas foram decoradas de acordo com o gosto de uma nova época. O edifício, exteriormente tão leve em cor e material, recebeu então o mais pesado dos interiores. As paredes foram cobertas com pinturas pomposas que, com suas perspectivas e violentos efeitos de sombras, desintegram todos os planos. Os tetos foram estucados em alto-relevo e receberam tanta ornamentação, tanta cor e dourado, tantas pinturas, que criam a ilusão de grande profundidade, e nos sentimos realmente esmagados sob todo esse peso.

Os edifícios venezianos ensinam-nos muito sobre o modo como uma aparência de peso ou de leveza pode ser criada em arquitetura. Já vimos que as formas acentuadamente convexas geram uma impressão de massa, ao passo que as côncavas produzem uma impressão de espaço. Em Veneza, aprendemos que os edifícios podem ser construídos de maneira a nos darem a impressão de planos.

Se construirmos uma caixa com um material pesado, como tábuas grossas e de granulação rústica unidas de forma que a espessura da madeira seja óbvia em todas as arestas, o peso e a solidez da caixa serão imediatamente evidentes. As edificações do período final da Renascença eram como essas caixas. Os pesados cunhais dão a ilusão de paredes exageradamente espessas. Empregando tais recursos, Palladio projetou edifícios com paredes de tijolo que pareciam ter sido construídas da mais pesada cantaria.

Mas assim como um edifício pode ser construído para parecer mais pesado do que realmente é, também é possível fazer com que pareça mais leve do que é. Se todas as irregularidades da caixa de madeira fossem aplainadas e todas as frinchas eliminadas de modo que os lados ficassem absolutamente lisos e macios, e depois fosse pintada numa cor clara, seria impossível dizer de que material a caixa foi feita. Ou se, em vez de pintura, fosse revestida com papel ou tecido estampado, pareceria ser muito leve, tão leve quanto o material que a cobre. Isso foi feito no palácio dos Doges e em muitos outros edifícios em Veneza.

Durante a Alta Renascença e períodos seguintes, um edifício que parecesse leve não era considerado arquitetura autêntica. A leveza era perfeita para tendas e outras estruturas temporárias, mas uma casa tinha de ser sólida e parecer sólida; caso contrário, não era uma casa. E se um edifício pretendesse ser mais grandioso que os seus vizinhos, isso tinha de ser conseguido por peso e ornamentação adicionais.

A Revolução Francesa deu fim aos ideais barrocos. As perucas saíram de moda. Nas décadas subsequentes, foram feitas numerosas tentativas para produzir uma arquitetura menos pesada. O Império francês, a Regência inglesa e o Biedermeyer alemão criaram edifícios completamente revestidos de estuque macio, pintado com cores pálidas; tudo muito leve e gracioso, comparado com a arquitetura barroca. Mas essa fase foi efêmera e o peso e o ornamento retornaram uma vez mais.

Somente nesse século é que arquitetos, em todas as partes do mundo, concentraram seus esforços na criação de uma arquitetura mais leve.

Uma *villa* construída em 1930, num pinheiral dos arredores de Berlim, constitui um exemplo elucidativo dessa nova arquitetura. Ela é mais leve e mais aberta do que se poderia supor até então que a residência de um homem rico pudesse ser.

O seu proprietário, um banqueiro berlinense, orgulhoso de sua nova casa, mostrava-a solicitamente às pessoas dizendo: "Hoje em dia, os assaltos a residências são comuns na Alemanha. Tenho uma casa em Berlim que é muito mais solidamente construída e está repleta de antiguidades e obras de arte. Mas em tal casa você está sempre temendo ser assaltado. Portanto, aluguei-a para um homem que não receia correr o risco de ladrões e mandei construir esta para viver. Aqui, como pode-se ver, não tenho tesouros. Tenho somente o necessário para uma vida confortável e independente. Toda a parte oeste do *living* é uma única e extensa parede de vidro que pode ser inteiramente aberta quando brilha o sol e fechada quando faz frio, de modo que posso sempre sentar-me aqui e desfrutar a natureza lá fora. Se vierem assaltantes, eles estarão aptos a ver tudo do lado de fora, e uma sala atapetada com meia dúzia de peças de mobiliário em aço polido não chega a ser uma grande tentação para arrombadores".

Eis uma nova atitude em relação à vida que encontrou expressão na leve arquitetura do cubismo. Muitas e diferentes condições tinham levado a esse resultado. Quanto à própria forma, os arquitetos foram buscá-la na pintura. Na década que antecedeu a Primeira Guerra Mundial, havia surgido uma escola de pintura que, em vez de criar uma ilusão de sólidos e vazios, trabalhava com planos cromáticos contrastantes. Por mero acaso, esses experimentos teóricos acabaram por desempenhar um papel importante durante a guerra. Artistas que estavam servindo numa bateria francesa, no final de 1914, começaram pintando sua posição a fim de ocultá-la do inimigo. Antes, artistas haviam tentado fazê-la parecer uma parte da natureza, mas esses homens optaram por escondê-la sob uma pintura bizarra, abstrata. Isso despertou o interesse de um comandante francês, resultando na criação, no início de 1915, de uma *section de camouflage.* Dois anos depois, a marinha britânica interessou-se pelo que foi chamado *dazzle painting*, pintura de ofuscação. Com a ajuda de tintas preta, branca e azul, aplicadas em figuras abstratas, os grandes navios cinzentos foram transformados tão completamente que era impossível distinguir a ré da proa ou identificar os contornos ou formatos reais das belonaves. Os pesados cascos tornaram-se leves e incorpóreos nessa nova fantasia de arlequim. É notável,

Irmãos Luckhardt: *Villa* construída para Herr Kluge, Am Rupenhorn, Berlim, 1931.

diga-se de passagem, ver até que ponto essa pintura – aparentemente feita ao acaso – era fortemente influenciada pela linguagem artística da época. Isso fica evidente quando comparada à pintura de camuflagem da Segunda Guerra Mundial. Onde antes as cores tinham sido brilhantes agora eram baças e, no lugar das linhas retas e triângulos da antiga camuflagem, havia agora contornos sinuosos e formas ondulantes.

Para a maioria das pessoas, a camuflagem cubista era uma demonstração de efeitos visuais que nunca tinham percebido antes. Mas, com o término da guerra, todos estavam familiarizados com eles e novos experimentos com formas cubistas foram realizados tanto na arquitetura como em outras artes. Um deles foi o filme alemão *O gabinete do dr. Caligari*, produzido em 1919, em que a ação tem lugar no interior do cérebro de um lunático, onde todas as formas são desintegradas em triângulos retorcidos e outras formas fantásticas. Os edifícios também eram construídos com linhas e formatos bizarros. Mas todas essas formas estranhas eram apenas fenômenos transitórios que não deixaram traços permanentes, ao passo que as tentativas para quebrar a unidade da fachada em planos retangulares de cor provaram ser de efeito duradouro. Em comparação com os obstinados experimentos dos alemães para criar um novo estilo nos anos que se seguiram à guerra, a obra de Le Corbusier na segunda metade da década de 1920 era de surpreendente simplicidade e claridade. Nessa época, ele não só projetou edifícios mas também pintou quadros cubistas e escreveu livros estimulantes sobre arquitetura. Em seus escritos, descreveu como tudo deveria ser racional; a moradia, dizia ele, deveria ser uma máquina onde se pudesse viver dentro. Mas as casas que projetou eram muito diferentes – uma tentativa de criação de uma estrutura cubista para a vida cotidiana. Eram composições de cor sem peso, tão intangíveis quanto as belonaves camufladas.

Falando sobre o projeto para um conjunto habitacional em Pessac, perto de Bordéus, ele disse: "Quero fazer algo poético". E conseguiu. Essas casas representaram o máximo que se pode fazer para dar uma ilusão de elementos absolutamente imponderáveis. Se, em vez de cobrir com tecido a caixa lisa a que nos referimos acima, pintássemos os seus lados com cores diferentes que se encontrariam nas arestas, de modo que um cinza-claro, por exemplo, fizesse limite com um azul-celeste, e não houvesse em parte alguma a mais leve insinuação de espessura estrutural, então nada mais veríamos senão diversos planos coloridos sem volume. A massa e o peso da caixa desapareceriam como que por mágica.

Foi isso o que Le Corbusier fez com suas casas em Pessac. Em 1926, elas podiam ser sentidas como uma imensa composição colorida.

Le Corbusier apreciava assentar suas casas sobre delgados pilotis, de modo que elas pareciam flutuar no ar. O que se vê não são elementos de sustentação nem elementos sustentados, e sente-se que os princípios arquiteturais pertinentes devem ser inteiramente diversos dos da arquitetura pesada tradicional. Também a construção é diferente.

98 ARQUITETURA VIVENCIADA

Le Corbusier: Casas em Pessac, perto de Bordéus. Sentado num jardim no telhado de uma das casas, à sombra de um frondoso bordo, pude ver como o sol mosqueava a parede marrom-claro com manchas de luz. A única finalidade da parede era emoldurar a vista. Os edifícios fronteiriços só podiam ser percebidos como casas com grande dificuldade. A que fica à esquerda era simplesmente um plano verde-claro sem cornija nem goteiras. Uma abertura oblonga foi recortada no plano, exatamente igual àquela através da qual eu estava olhando. Atrás e para a direita da casa verde estavam as casas geminadas com fachadas cor-de-café e lados de cor creme, e, por detrás delas, os cimos de "arranha-céus" azuis.

Le Corbusier usou concreto armado para edifícios cujos andares são sustentados por alguns pilares no interior do edifício, em vez de se situarem ao longo da linha do edifício. As paredes externas assentam-se nos pisos de concreto moldado. Sua única finalidade é a de servirem como uma cortina protetora e, portanto, estavam de acordo com os fatos, ao parecerem ser apenas cortinas delgadas. As janelas formam longas faixas, tal como no convés de passeio dos grandes transatlânticos.

O bairro residencial em Pessac foi a tentativa mais sistemática de despojar a arquitetura de suas massas, mas não a única. Outros arquitetos também projetaram edifícios que eliminaram a antiga concepção de sólidos e vazios. Os edifícios de Mies van der Rohe (Tugendhat em Brno, 1930, pavilhão de exposição em Berlim, 1931) são exemplos interessantes. Têm a mesma simplicidade – poderíamos dizer, o mesmo aspecto clássico – dos de Le Corbusier. Mies van der Rohe também emprega proporções simples, planos exatos, ângulos retos e formatos retangulares. Mas enquanto os edifícios de Le Corbusier eram como esboços artísticos em cor, os de Ludwig Mies são cuidadosamente elaborados até o último detalhe e compostos dos mais finos materiais: chapa de vidro, aço inoxidável, mármore polido, produtos têxteis dispendiosos, couro fino. Seus edifícios não eliminam sua substância como os de Le Corbusier. Consistem em cortinas entre os planos do piso e do teto, mas cortinas de um peso e espessura concebíveis. Mies van der Rohe é filho de um pedreiro e sua obra sempre revelou o cunho de precisão, solidez e acabamento. Não trabalha com cavidades, não há separação distinta entre exterior e interior, e a única dependência completamente fechada é o banheiro. É um mundo de cortinas que pode dar um certo *background* para o mobiliário, mas nunca poderá criar um interior fechado e íntimo.

A arquitetura de Mies van der Rohe é fria e vigorosa. Os materiais refletores de luz multiplicam as formas geométricas. Há nessa tendência algo correspondente às fantasias do começo da Renascença. Seus criadores também evitaram os aposentos fechados onde havia paz e silêncio, produzindo, pelo contrário, vistas intermináveis de salas e quartos que se abriam uns para outros. Mas existem mais ideias modernas subentendidas na arte

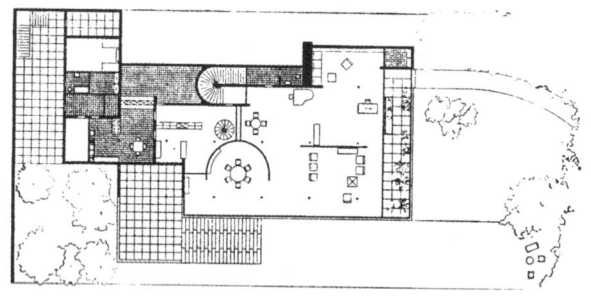

Ludwig Mies van der Rohe: Haus Tugendhat em Brno, 1930.

de Mies van der Rohe. Ela tem parentesco com certas fotografias de arte, tal como a obra de Le Corbusier é reminiscente das pinturas cubistas, compostas, como uma espécie de colagem, de numerosos negativos, retratando uma confusão de edifícios semitransparentes fundindo-se mutuamente de maneira incrível.

O arquiteto podia agora resolver muitos problemas modernos de maneira elegante – por exemplo, exposições. Isso era verdadeiro não só a respeito do temporário país encantado das grandes exposições, mas também das vitrinas comuns que requerem materiais fascinantes e a eliminação aparente da barreira entre inte-

Da Am Kurfurstendamm, Berlim, 1931. A perfumaria de Kopp & Joseph recebeu uma nova fachada de vidro e metal cromado. Os mostruários de vidro na parede interior da loja continuam do lado externo, através da fachada de vidro, e atraem os transeuntes com frascos elegantes rebrilhando ao sol.

rior e exterior a fim de atrair a atenção do transeunte. Durante esses anos, a maneira de viver também passou por uma mudança do pomposo para o despretensioso, embora muito poucos chegassem ao ponto de imitar o banqueiro berlinense e optassem por viver como ele em casa funcional.

O novo estilo que, na Europa, era considerado a última palavra em modernidade assemelhou-se, em muitos aspectos, ao que era tradicional no Japão, onde há uma arte pictórica sem perspectiva ou sombras, uma arte de traço e cor com estranhas figuras imponderáveis. Os japoneses têm dificuldade de pensar em termos de perspectiva e, quando colocam casas em seus quadros, elas convertem-se num sistema de linhas abstratas. Isso também caracteriza sua arquitetura real.

Não é verdade que os japoneses tenham feito paredes pesadas *parecerem* delgadas, como nas casas venezianas. As paredes *são* finas. Eles constroem suas casas com telas: paredes de papel mon-

A perfumaria de Kopp & Joseph, em Berlim, 1931, iluminada à noite.

tadas em molduras entre caixilhos de madeira erguidos sobre uma simples grade quadrada. Muitas das telas podem deslizar lateralmente, transformando os interiores. Elas não fecham aposentos, mas formam estruturas leves em torno dos residentes e suas poucas posses, favorecendo as aberturas para a natureza. A ideia de uma casa construída sobre uma subestrutura firme é desconhecida. As casas japonesas são colocadas no chão como o mobiliário num jardim. Têm pernas de madeira que erguem os pisos cobertos de esteiras acima do solo. Com suas varandas, paredes corrediças e esteiras, essas casas estão mais próximas de um mobiliário requintadamente fabricado do que daquilo que entendemos por uma casa.

Essa arquitetura do Extremo Oriente pode ser considerada como estando num estágio mais primitivo do que a nossa. Durante a Renascença, os europeus aprenderam algo que o japonês nunca aprendeu. De um modo geral, podemos dizer que a imaginação nipônica é bidimensional, ao passo que a nossa é tridimensional.

Mas, dentro dos seus limites, a arte japonesa atingiu um grau supremo de refinamento. Tem uma mensagem para nós porque emprega as próprias qualidades que tentamos realçar na cultura ocidental moderna. Todo o modo de vida e filosofia dos japoneses tem algo da emancipação que nos esforçamos por alcançar.

Ninguém interpretou melhor o padrão de vida japonês do que Lafcadio Hearn, o escritor anglo-americano que escolheu o Japão como sua segunda pátria. Num volume de ensaios intitulado *Kokoro* (1896), ele descreveu "O Gênio da Civilização Japonesa". O que caracteriza a cultura do Japão, diz ele, é a extraordinária mobilidade dos japoneses em todas as acepções da palavra. O homem branco está sempre procurando estabilidade. Sua casa deve ser construída para durar. Torna-se dependente de toda a espécie de bens mundanos. Mas, no Japão, tudo está em movimento. A própria terra é uma terra de impermanência. Rios, costas, planícies e vales estão constantemente se transformando. O japonês comum não está vinculado a nenhum lugar definido. "A capacidade para viver sem mobiliário, sem estorvos, com a menor quantidade possível de vestuário simples e condigno", diz Hearn, "mostra mais do que a vantagem mantida pela raça nipônica na luta pela vida; mostra também o verdadeiro caráter de algumas fraquezas de nossa própria civilização. Impõe uma reflexão sobre a inútil multiplicidade de nossas necessidades cotidianas. Devemos ter carne e pão com manteiga; janelas de vidro e lareira; chapéus, camisas brancas e roupas interiores de lã; botas e sapatos; arcas, malas, bolsas e caixas; armações de cama, colchões, lençóis e cobertores – tudo aquilo que o japonês pode dispensar e, realmente, está mais confortável sem tais coisas. Pense-se, por um momento, como é importante um único e dispendioso item da indumentária ocidental, a camisa branca! Entretanto, mesmo a camisa de linho, a chamada 'insígnia de um cavalheiro', é um artigo inútil em si mesmo. Não dá calor nem conforto. Representa na moda atual a sobrevivência de algo que foi outrora uma luxuosa distinção de classe mas hoje desprovido de significado e tão inútil quanto os botões costurados do lado de fora das mangas do paletó."

Assim descreveu Hearn, há 60 anos, o modo de vida do japonês em contraste com o do homem branco. É interessante notar o

Uma vista do interior da casa que Charles Eames construiu para si mesmo em Venice, perto de Santa Monica, Califórnia.

quanto os dois lados se aproximaram um do outro desde esse tempo. A camisa branca de colarinho duro já deixou de ser um artigo comum de vestuário, simplesmente porque nos tornamos muito mais móveis do que éramos. Renunciamos a muitas outras coisas supérfluas e, em compensação, passamos a apreciar muito mais a natureza, a alimentar um desejo muito maior de fazer dela uma parte de nossa vida cotidiana. Isso fica evidente em nossas casas e em seu *design*. Hoje, existem muitas residências americanas – especialmente na costa oeste – as quais se assemelham muito mais, em materiais e planejamento, às casas japonesas do que às europeias. São leves estruturas de madeira elegantemente projetadas no "plano aberto", ou seja, os cômodos não estão claramente separados uns dos outros nem do jardim.

Quando Le Corbusier projetou suas casas na década de 1920, muitas pessoas não conseguiram ver nelas nada de especial. Viam que alguma coisa tinha sido construída, mas eram incapazes de perceber isso como uma forma articulada. Esperavam que a arquitetura formasse sólidos ou cavidades e, como não viam uma coisa nem outra naqueles edifícios e como, além disso, ele dissera que uma residência devia ser uma máquina onde se pudesse viver dentro, concluíram que as casas de Le Corbusier não tinham forma estética, mas apenas resolviam certos problemas técnicos. Assim, as pessoas foram incapazes de *ver* o mais artístico experimento em arquitetura realizado nessa década. A obra de Le Corbusier foi particularmente interessante porque deu um brilhante exemplo de uma terceira possibilidade. Se olharmos uma vez mais para a figura bidimensional que pode ser vista ou como um vaso ou como dois perfis, descobriremos que uma terceira concepção é possível e consiste na linha que forma a fronteira entre o preto e o branco. Podemos traçá-la, tal como podemos traçar a linha costeira de uma ilha, em todo o detalhe. Em outras palavras, é insubstancial como uma linha matemática. Se tentarmos copiá-la, observaremos particularmente todas as mudanças na direção e é mais do que provável que as exageremos.

Quando pessoas comuns tentam desenhar plantas para uma casa, os compartimentos são usualmente representados por uma única linha que indica o limite de um cômodo ou a parede externa. Foi assim que os edifícios de Le Corbusier foram concebidos – não em volume, mas em planos matematicamente desenhados que formaram as linhas fronteiriças de certos volumes. E eram as fronteiras que lhe interessavam, não o volume. Ele atraiu a atenção para os planos, dando-lhes cor e recortando-os com total nitidez. Os japoneses têm uma concepção semelhante de arquitetura, embora não tão categórica. Em suas casas sentimos a presença de inúmeros planos, mas também a dos caixilhos de madeira, que são altamente substanciais tendo estrutura, massa e peso. O próprio Le Corbusier abandonou mais tarde o estilo por ele criado, no final da década de 1920. Embora nessa época fosse a pintura abstrata que o inspirasse, hoje as suas construções mais parecem escultura monumental. Mas suas primeiras obras tiveram um efeito emancipador sobre outros arquitetos. Através delas, eles descobriram haver outros caminhos a seguir que não os tradicionalmente trilhados. Era incompatível com a natureza irrequieta de Le Corbusier criar a arquitetura racional de elementos coloridos que ele tinha imaginado. Mas outros aceitaram o desafio apresentado pelo problema.

Quando, após a Segunda Guerra Mundial, o condado de Hertford, na Inglaterra, viu-se diante da tarefa de construir um grande número de novas escolas sem empregar os materiais e a mão de obra tão urgentemente necessários para habitações, o problema foi resolvido por um bem planejado programa de construção de unidades pré-fabricadas. A primeira reação a esses edifícios não tradicionais foi um sentimento de que não se tratava de arquitetura "real", porque pareciam leves demais. Desde então, o povo inglês aprendeu a apreciá-los, não só como boas soluções técnicas, mas como um novo progresso em arquitetura.

Hoje, a arquitetura dispõe de uma vasta gama de métodos e o arquiteto pode resolver também aqueles problemas que são mais naturalmente respondidos por edifícios compostos de planos leves.

5. ESCALA E PROPORÇÃO

Diz a lenda que, certo dia, quando Pitágoras passava pela porta de uma oficina de ferreiro, ouviu o retinir de três martelos e achou o som agradável. Continuou a investigar o fenômeno e descobriu que os comprimentos das três cabeças de martelo estavam mutuamente relacionados na razão de 6:4:3. A maior delas produzia a nota tônica; o tom da intermédia era uma quinta acima e o da menor das três cabeças, uma oitava acima. Isso levou-o a experimentar com cordas retesadas de diferentes comprimentos e a apurar que, quando os comprimentos estavam relacionados entre si nas razões de pequenos números, as cordas tensas produziam sons harmoniosos.

Isso é apenas uma lenda e, na minha opinião, boa demais para ser verdadeira. Mas diz-nos algo essencial acerca de harmonia e de como esta é produzida.

Os gregos procuravam encontrar alguma explicação para os fenômenos que observavam e chegaram a mais ou menos isso: a alma sente-se feliz ao trabalhar com razões matemáticas claras e, portanto, os sons produzidos por cordas de simples proporções afetam aprazivelmente nossos ouvidos.

A verdade, entretanto, é que uma pessoa que está ouvindo música não tem a menor ideia dos comprimentos das cordas que a produziram. Elas têm de ser vistas e medidas. Mas, qualquer que seja o raciocínio dos gregos, o certo é que eles descobriram a existência de alguma relação entre simples proporções matemáticas no mundo visual e a consonância no mundo audível. Enquanto ninguém foi capaz de explicar o que acontece quando um som é produzido e como este afeta o ouvinte, a relação continuou sendo um mistério. Mas era óbvio que o homem possuía uma intuição especial que lhe possibilitava perceber simples proporções matemáticas no mundo físico. Isso pôde ser demonstrado em relação à música e acreditava-se que também devia ser verdadeiro no tocante às dimensões *visíveis*.

A arquitetura, que frequentemente emprega dimensões simples, era então, assim como viria a ser repetidas vezes depois, comparada à música. Foi chamada de música congelada. É indiscutível que escala e proporção desempenham um papel muito importante em arquitetura. Mas não existem proporções visuais que tenham o mesmo efeito espontâneo em nós que aquelas a que vulgarmente chamamos harmonias e desarmonias musicais.

Os sons de música diferem de outros ruídos mais acidentais por serem sons produzidos por vibrações periódicas regulares e terem uma altura fixa. As vibrações que resultam de tocar um determinado acorde constituem uma tônica com uma frequência definida e simultaneamente uma série de sobretons com frequências que são o dobro, o triplo etc. da nota tônica. Os tons com simples razões de frequência têm os mesmos sobretons e quando soam ao mesmo tempo resultam em um período de vibrações novo e absolutamente regular, que ainda será ouvido como um som musical. Mas se ondas sonoras de períodos ligeiramente diferentes forem postas em movimento, o som produzido é incoerente e, muitas vezes, diretamente desagradável. Se duas ondas sonoras com uma razão de frequência de 15:16 ocorrerem simultaneamente, elas irão se reforçar uma à outra sempre que uma vibrar 15 vezes e a outra, 16 vezes. Isso produzirá grandes oscilações extras e, entre esses sons fortes, haverá pontos em que as vibrações irão se aniquilar mutuamente, tornando-se praticamente inaudíveis. O resultado será um tom de sequência irregular, tremulante, que pode ser bastante desagradável. Um ouvinte sensível pode realmente ficar com dores de estômago ao ouvir tais dissonâncias. Mas nada existe de análogo a isso no mundo visual, pois se nos apercebemos imediatamente de tons falsos em música, as pequenas irregularidades em arquitetura só podem ser descobertas através de cuidadosa medição. Se duas cordas com comprimentos na relação de 15:16 forem tocadas simultaneamente, o som resultante será nitidamente desagradável. Mas, se num edifício que está dividido em vãos regulares for introduzida uma diferença em proporções dessa mesma razão, o mais provável é que ninguém se aperceba disso. A verdade é que toda a comparação de proporções arquitetônicas com consonâncias musicais só pode ser considerada como metafórica. Não obstante, inúmeras tentativas foram feitas para elaborar princípios de proporcionalidade arquitetural análogos aos princípios matemáticos de escalas musicais.

Existe uma proporção (aliás, diga-se de passagem, sem paralelo na música) que tem atraído grande atenção desde a Antiguidade. É a chamada seção áurea. Pitágoras e seus discípulos estavam interessados nela, os teóricos da Renascença voltaram a ocupar-se dela e, em nossos dias, Le Corbusier baseou nela o seu princípio de proporção, *Le Modulor*. Diz-se que um segmento de linha está dividido de acordo com a seção áurea quando é composto de duas partes desiguais, das quais a primeira está para a segunda como a segunda está para o todo. Se chamarmos às duas partes *a* e *b*, respectivamente, então a razão de *a* para *b* é igual à razão de *a* para *a* + *b*. Isso pode parecer um tanto complicado, mas é facilmente apreendido quando visto em diagrama. Até recentemente, uma caixa de fósforo dinamarquesa comum, ostentando na tampa um retrato do almirante Tordenskjold, media 36 x 58 mm. Se subtrairmos o lado menor do lado maior, obteremos 58 − 36 = 22. É aproximadamente verdadeiro que 22 está para 36, como 36 está para 58. Em outras palavras, a relação recíproca dos lados é aquela da seção áurea. Lamentavelmente para a Dinamarca, a situação econômica do país tornou necessário reduzir o comprimento dos palitos de fósforo e, portanto, o retrato de Tordenskjold é agora colocado numa caixa retangular, considerada menos estética. Antigamente, os vários tamanhos de papel também baseavam-se na seção áurea e o mesmo acontecia com a impressão em letra de imprensa.

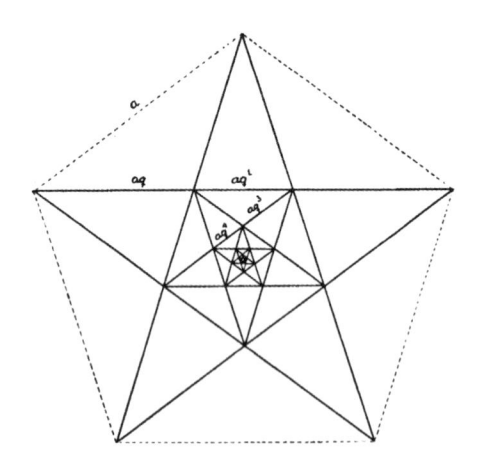

Para Pitágoras, o pentagrama era um símbolo místico e sagrado. Um pentagrama é uma estrela de cinco pontas, formada pelo prolongamento dos lados de um pentágono, em ambas as direções, até os seus pontos de interseção. A relação entre o comprimento de um dos lados de uma ponta do pentagrama e o lado de um pentágono é idêntica à seção áurea. Ao se ligarem as cinco pontas do pentagrama, é formado um novo pentágono, do qual também re-

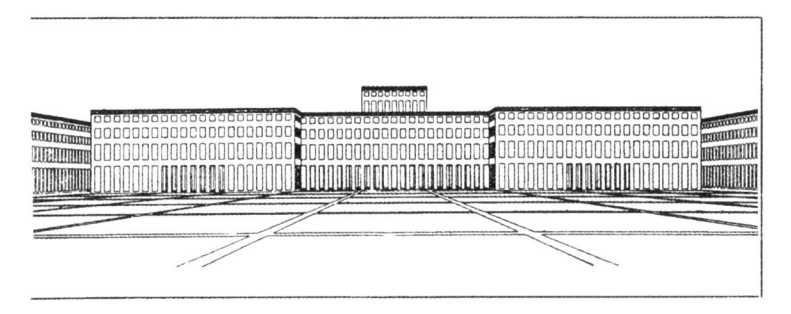

Ivar Bentsen: Projeto para um edifício destinado à filarmônica em Copenhague, 1918.

sulta um novo pentagrama e assim por diante. Desse modo obtemos uma série infinita de segmentos de linha que crescem de acordo com a regra da seção áurea. Isso pode ser desenhado num diagrama, mas esses comprimentos não podem ser expressos como números racionais. Por outro lado, é possível desenhar uma série de números inteiros cujas razões se aproximam da seção áurea. São eles 1, 2, 3, 5, 8, 13, 21, 34, 55 etc., cada nova unidade sendo formada pela soma das duas imediatamente precedentes. O mais notável acerca dessa série é que quanto mais ela cresce, mais se aproxima da razão da seção áurea. Assim, a razão 2:3 está longe dela, 3:5 está mais próxima e 5:8 quase a atinge. Aliás, 5:8 é a aproximação em números racionais mais frequentemente usada.

Por volta de 1920, muitas tentativas foram feitas na Escandinávia para fugir às tendências românticas em arquitetura da geração anterior e também para formular princípios estéticos claros. Na Noruega, Frederick Macody Lund publicou sua grande obra, *Ad Quadratum*, na qual procurou provar que as grandes realizações históricas da arquitetura se basearam nas proporções da seção áurea. Ele sugeriu, portanto, que essas proporções fossem usadas na reconstrução da catedral de Trondhjem. Na Dinamarca, o arquiteto Ivar Bentsen desenhou o projeto para um edifício destinado à filarmônica em que as proporções se baseavam nas séries acima mencionadas. Esse edifício seria construído sobre uma grade quadrada em planta e alçado, a ser proporcionada de acordo com a regra da seção áurea. A distância entre os balaústres no telhado plano constituía a menor unidade ou módulo. A largura das pilastras foi fixada em três dessas unidades e a largura da janela em cinco. A fileira superior de janelas era quadrada, ou seja, 5 x 5, a seguinte, logo abaixo, 8 x 5, depois, 13 x 5 e, finalmente, a fileira inferior (a qual, na realidade, compreendia dois andares – um andar térreo e um mezanino) seria 21 x 5.

Mesmo quando tudo isso é explicado como está sendo aqui, não se pode sentir a inter-relação nas proporções do edifício destinado à filarmônica do mesmo modo que as sentimos em certos fenômenos naturais, nos quais existe uma progressão rítmica nas proporções. Muitas conchas de caracóis, por exemplo, têm volutas que aumentam em progressão regular desde as mais internas até as mais externas, e isso é imediatamente perceptível. Mas as volutas crescem em muitas dimensões, de modo que continuam tendo as mesmas proporções. As janelas no edifício de Ivar Bentsen, por outro lado, só aumentam numa dimensão e, portanto, vão da forma quadrada para a retangular, com alturas que chegam a ser mais de quatro vezes a largura.

Um autor americano, Colin Rowe, comparou uma *villa* de Palladio com uma das casas de Le Corbusier e mostrou haver uma notável semelhança em suas proporções. É um estudo interessante porque, além dos próprios edifícios, temos as plantas e as próprias reflexões dos artistas sobre arquitetura.

A *villa* de Palladio, Foscari, está situada em Malcontenta, em terra firme, perto de Veneza, e foi construída para um veneziano por volta de 1560. Por essa época, Palladio estivera em Roma, onde estudara as grandes ruínas da Antiguidade, e considerava agora ser sua missão criar uma arquitetura que fosse tão sublime em composição e tão simples em proporções quanto a dessas antigas construções. A partir do mundo arquitetural de harmonias puras, deveríamos ser capazes de sentir a natureza em todas as suas fases.

O andar nobre da Villa Foscari está situado muito acima do solo, sobre um andar térreo que se assemelha a um extenso e baixo pedestal. Do jardim, escadarias dos dois lados conduzem ao pórtico independente do andar nobre. Daí entra-se no salão principal da *villa*, um vasto recinto de planta cruciforme e abóbada cilíndrica, o qual vai de um extremo ao outro do edifício, permitindo uma vista dos jardins dos fundos e dos acessos, com suas

ESCALA E PROPORÇÃO **113**

Palladio: Villa Foscari em Malcontenta, perto de Veneza. Fachada da entrada principal. O projeto da fachada reflete a disposição interior em que um vasto salão central em abóbada cilíndrica se eleva até a altura do frontão. O frontão da frente corresponde à *loggia* sobre a fachada do jardim que se mostra na página seguinte.

amplas avenidas simetricamente dispostas na frente. De ambos os lados desse grande salão central estão três aposentos menores rigorosamente simétricos. Isso estava de acordo com o costume veneziano de agrupar os dormitórios e salas de estar em torno de um salão arejado no eixo central. Mas, em vez da *loggia* veneziana, que é inserida no bloco da construção, Palladio enxertou uma frente de templo clássico na fachada da *villa*. Por detrás dela, a casa parece mais sólida e monumental. Acima do andar térreo, as paredes externas apresentam um padrão de grandes blocos em dimensões correspondentes à espessura das paredes – externas e internas. Também no interior da casa nos apercebemos da espes-

Palladio: Villa Foscari, em Malcontenta. Frente do jardim com *loggia* e enormes colunas que se destacam no corpo do edifício.

sura das paredes que separam os cômodos, cada um dos quais recebeu uma forma precisa e definitiva. Em cada extremidade do braço transversal do salão central há um aposento quadrado medindo 5 x 5 m. Está situado entre um aposento retangular menor e um maior, um com 4 x 5 m, o outro com 5 x 8 m, ou duas vezes maior. Palladio dava grande ênfase a essas simples proporções: 3:4, 4:4, 4:6, que são as encontradas em harmonia musical. A largura do salão central também se baseia na décima sexta. Seu comprimento é menos exato porque a espessura das paredes deve ser adicionada às simples dimensões dos cômodos. O efeito especial do salão nessa composição firmemente entrelaçada é produzido por sua grande altura, o teto em abóbada cilíndrica erguendo-se muito acima dos quartos laterais no mezanino. Mas,

Le Corbusier: *Villa* em Garches.

perguntará o leitor, o visitante sentirá realmente essas proporções? A resposta é sim – não as medições exatas, é claro, mas a ideia fundamental subentendida nelas. Recebe-se a impressão de uma composição nobre e firmemente integrada em que cada aposento apresenta uma forma ideal num todo maior. Também se sente que os aposentos estão aparentados em suas dimensões. Nada é trivial – tudo é grande e completo.

Na casa de Le Corbusier em Garches, construída para De Monzie, em 1930, os aposentos principais também se erguem acima do solo mas, nesse caso, as paredes externas escondem os pilotis em que a construção assenta. Colin Rowe assinala que esses pilotis formam pontos nodais numa rede geométrica que está dividida num sistema muito semelhante ao que poderia ser desenhado das paredes de sustentação da Villa Foscari. Na largura, as proporções em ambos os casos são 2, 1, 2, 1, 2. Mas enquanto Palladio usou o seu sistema para dar aos aposentos formatos fixos e imutáveis, e uma inter-relação harmônica nas proporções, Le Corbusier, se assim se pode dizer, suprimiu os seus

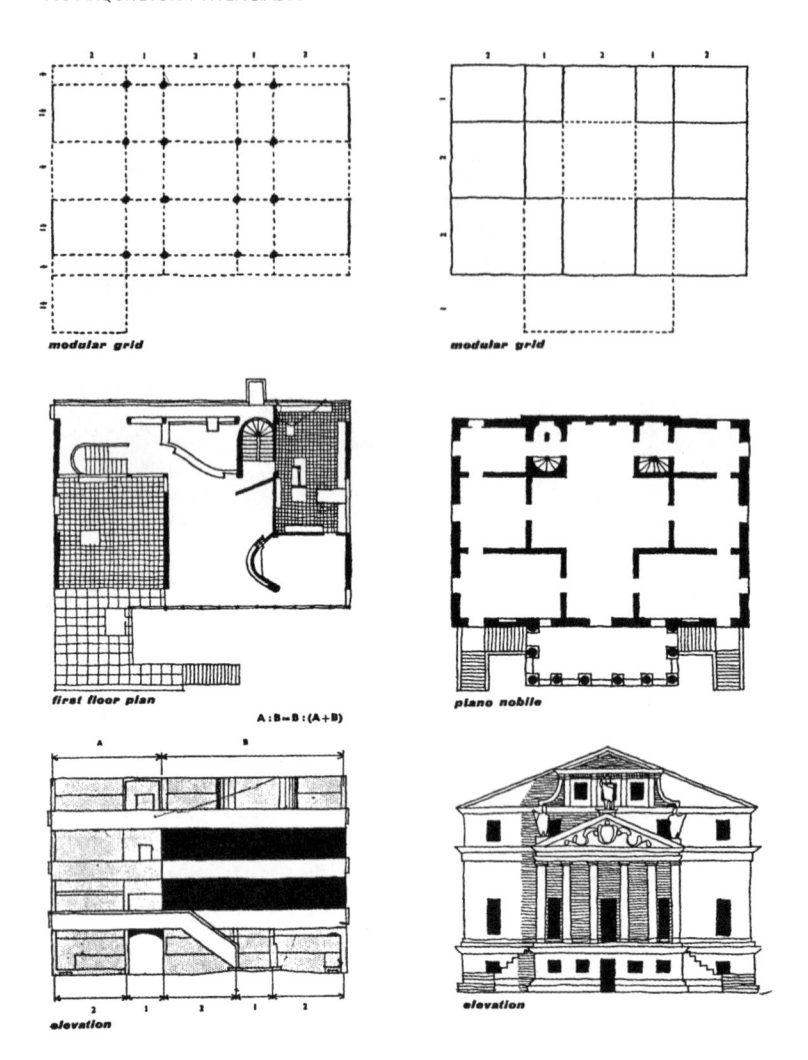

Comparação de Colin Rowe de proporções em *villas* projetadas, respectivamente, por Le Corbusier e Palladio.

Le Modulor, estudo de proporção por Le Corbusier. O homem tem 183 cm de estatura e com o braço erguido 226 cm. Sua altura dividida de acordo com a seção áurea dá 113 cm, correspondendo à altura do chão ao umbigo, a qual é, ao mesmo tempo, metade de sua altura total com o braço erguido. À direita estão duas séries de medições, uma da altura total com o braço erguido, a outra da estatura do homem, divididas em medições decrescentes de acordo com a seção áurea.

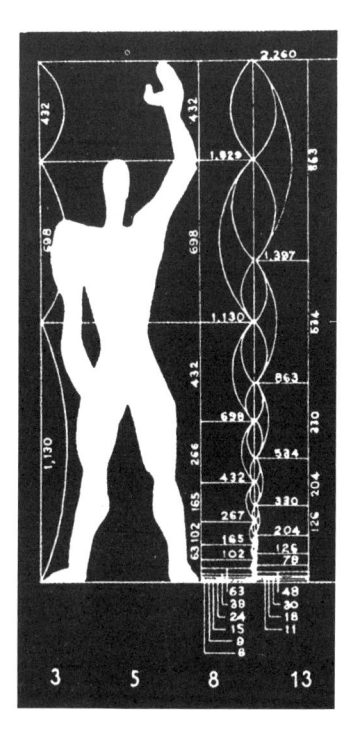

elementos de sustentação, de modo que não nos apercebemos deles e não temos a menor sensação de que qualquer sistema tenha sido colocado em seu lugar. O que parece formar o sistema fixo e imutável na casa de Garches são os planos horizontais que separam os andares. A localização das divisórias verticais é casual e, como já mencionamos, os pilotis não são percebidos. O próprio Le Corbusier sublinhou o fato de que a casa está dividida na razão 5:8, isto é, aproximadamente a seção áurea, mas escondeu-a tão bem que provavelmente ninguém que tenha visto o edifício tem a menor ideia disso. Não há semelhança nos princípios de composição dos dois edifícios. Palladio trabalhou com simples razões matemáticas correspondentes às razões harmônicas da música e, provavelmente, ele jamais chegou a pensar na seção áurea. Le Corbusier trabalhou com aposentos de formatos muito diferentes num todo assimétrico, e a localização de suas impor-

118 ARQUITETURA VIVENCIADA

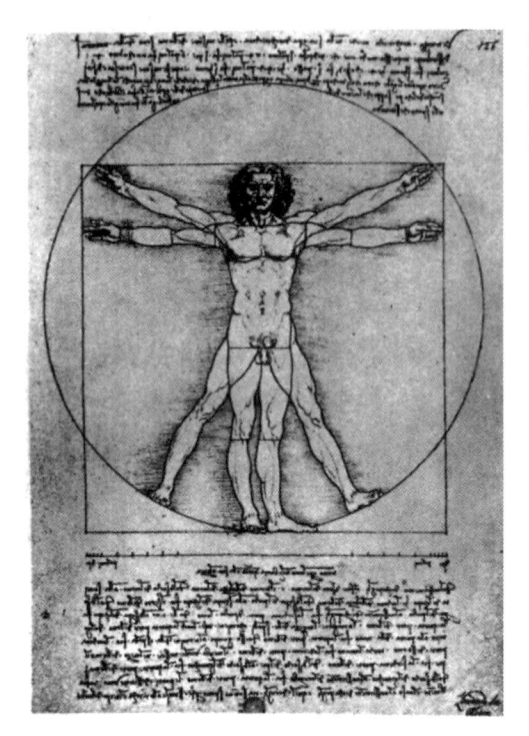

O homem ideal de Leonardo da Vinci. O umbigo do homem marca o centro. Com os braços estendidos, ele pode atingir a periferia do círculo.

tantes divisórias baseava-se na seção áurea. Desde então, Le Corbusier foi muito mais longe em seu cultivo da seção áurea. Em frente à sua famosa unidade residencial, em Marselha, ele colocou um baixo-relevo de uma figura masculina. Esse homem representa, diz ele, a essência da harmonia. Todas as escalas no edifício inteiro são derivadas da figura, a qual não só fornece as proporções do corpo humano, mas um número de medições menores baseadas na seção áurea.

O modo pelo qual ele chegou a esses resultados proporciona uma leitura interessante. Sente-se que a Antiguidade, com sua combinação de misticismo religioso e intuição artística, perdura nesse homem que, para muitas pessoas, se ergue como o representante da clareza racional e do pensamento moderno. Originalmente, Le Corbusier estabeleceu a medida de 175 cm como estatura do homem comum. Ele dividiu essa figura segundo a seção áurea e obteve 108 cm. Tal como Leonardo da Vinci e outros teóricos renascentistas, Le Corbusier descobriu que isso correspondia à altura que vai do chão até o umbigo do homem. Acreditava-se haver um significado mais profundo no fato de que o homem, a mais perfeita criação da natureza, tinha suas proporções em concordância com essa nobre razão matemática e de que, além disso, o ponto de interseção era nitidamente marcado por um pequeno círculo. Le Corbusier dividiu, então, a altura do umbigo do mesmo modo e prosseguiu com as subdivisões até obter uma completa série harmônica de medições decrescentes. Ele também concluiu – ainda de acordo com os mestres da Renascença – que a altura do homem com o braço erguido era o dobro da altura do umbigo, isto é, 216 cm. Deve ser admitido que essa medição parece de maior importância para o arquiteto do que a altura do umbigo, para a qual é realmente difícil encontrar qualquer uso em arquitetura. Entretanto, o que é embaraçoso quanto à altura do braço erguido é o fato de que ela não faz parte da escala de "belas" dimensões recém-estabelecida. Mas isso não assustou Le Corbusier, que a utilizou como ponto de partida para toda uma nova série de medições da seção áurea. Desse modo, ele obteve dois conjuntos de números com que trabalhar, o que veio a ser muito útil.

Mas, certo dia, ele soube que a estatura média dos policiais ingleses era de cerca de 183 cm, e, como a estatura média está aumentando em quase todo o mundo, Le Corbusier começou a recear que as dimensões de suas casas fossem muito pequenas, se ele utilizasse medições derivadas da estatura do francês médio. Portanto, estabeleceu resolutamente 183 cm como sendo a medida definitiva de onde todas as outras medições seriam derivadas. Calculou então as suas duas séries finais de figuras, as quais dão numerosas variações, das menores às maiores. O que não for encontrado numa série, é quase certo que será encontrado na outra. Mas, ainda assim, procuraríamos em vão uma medição para qualquer coisa tão simples quanto a altura de uma porta ou o comprimento de uma cama. A estatura de 183 cm do homem é excessivamente pequena; uma porta deve preferivelmente ser mais alta do que a estatura das pessoas que passam por ela. E a altura de braço erguido de 226 cm, que Le Corbusier usa como altura do teto para os menores cômodos no bloco residencial de Marselha, é alta demais para uma porta. Num diagrama, ele mostrou como as várias medições da estatura do homem podem ser empregadas para diferentes objetos e funções, como a altura de uma escrivaninha ou de um estrado, alturas de mesas, várias alturas de cadeira etc. Em outras palavras, ele não obedeceu ao método científico de medir coisas para determinar os limites extremos de suas dimensões, mas com a ajuda de suas duas séries numéricas (nas quais apenas a altura do homem e a altura do braço erguido foram determinadas por medição) ele chegou a dois conjuntos de medições em que acreditava e que, portanto, *devem* ajustar-se a todos os fins. Mesmo que atribuamos grande valor estético às proporções da seção áurea, isso não justificaria, mesmo assim, os resultados, porque as medições que se seguem umas às outras em suas tabelas e que, frequentemente, serão vistas juntas não têm essa razão (por exemplo, estatura do homem e altura com o braço erguido). O próprio Le Corbusier considera que as duas séries são de grande préstimo para ele. Como assinalamos antes, não estamos espontaneamente conscientes de simples proporções em dimensões como estamos das proporções harmônicas em música. Portanto, Le Corbusier corrige cada uma das medições a que chega intuitivamente, de modo que correspondam a uma ou outra medição Modulor. E, como ele acredita firmemente, *Le Modulor* satisfaz às exigências de beleza – porque é derivado da seção áurea – e às exigências funcionais. Para ele, *Le Modulor* é um instrumento universal, fácil de empregar, e que pode ser usado no mundo inteiro para obter beleza e racionalidade nas proporções de tudo o que é produzido pelo homem.

    Examinemos o modo como ele próprio empregou seu Modulor no bloco residencial de Marselha. Esse edifício é inteiramente diferente de suas obras anteriores. Enquanto estas seriam consideradas arquitetura baseada nos princípios da pintura cubista, sua obra ulterior é tida mais como escultura gigantesca. Os edifícios ainda estão erguidos acima do solo mas agora sobre enormes subestruturas. A unidade residencial em Marselha é como uma caixa colossal colocada sobre um enorme cavalete. A caixa está dividida em inúmeras células pequenas – os apartamentos –

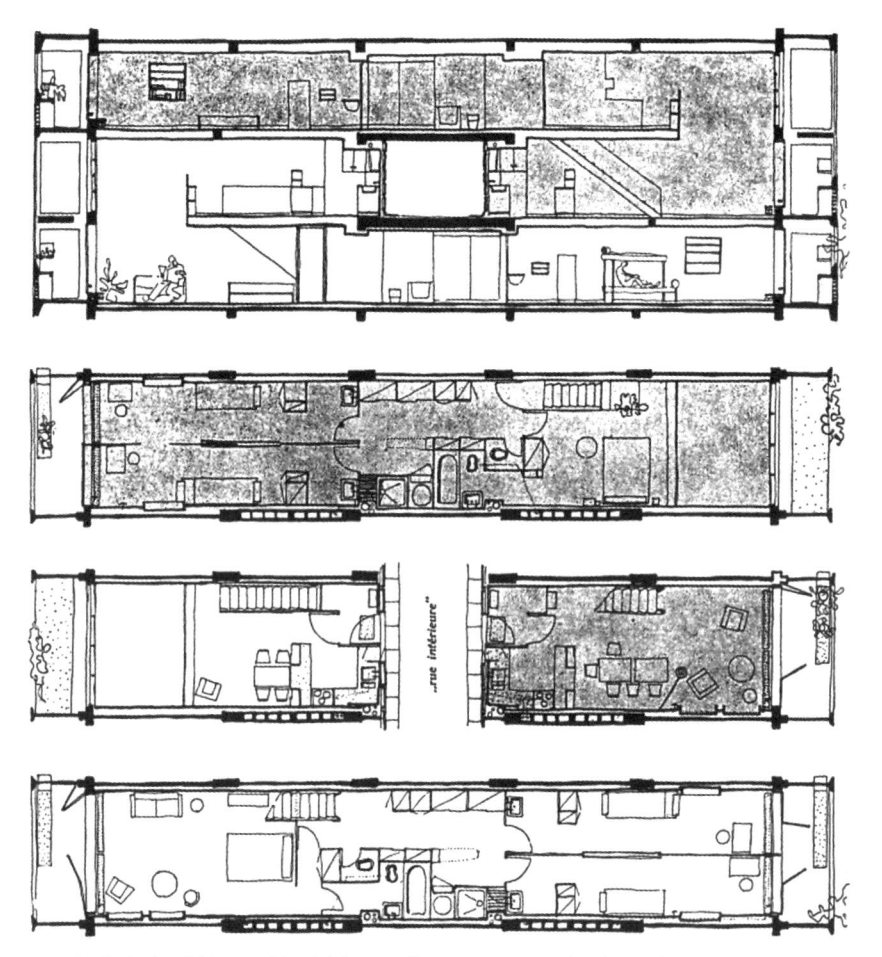

Le Corbusier: O bloco residencial de Marselha. Corte transversal e plantas dos apartamentos. Escala 1:200.

que consistem em pequenos quartos com alturas de teto correspondentes à altura de braço erguido de 226 cm do Modulor e um *living* maior com o dobro dessa altura. O equipamento embutido foi dimensionado de acordo com as regras do Modulor. Aí, o método de proporcionalidade derivado de medições humanas iria enfrentar o teste da aplicação prática. O resultado, entretanto, não reflete convicção. Para manter os custos dentro de um limite razoável, os quartos foram feitos tão estreitos e fundos quanto possível. Os quartos menores não só têm tetos extraordinariamente baixos, mas são de largura mínima e profundidade incomum. A profundidade não dá a impressão de ter sido calculada por proporcionalidade. E, em relação a ela, a sala não é tão grande quanto deveria ser para propiciar uma sensação maior de espaço.

Entretanto, o edifício produz uma forte impressão ao visitante. Quando se passeia pelo edifício, caminha-se entre seus gigantescos pilares, sobe-se ao telhado e vê-se a fantástica paisagem

A colossal calçadura do bloco de Marselha de Le Corbusier, da altura de quatro homens. Ver também a ilustração da p. 178.

de enormes chaminés e outras grandes peças de concreto armado dispostas eficazmente em relação ao ambiente circundante. Os edifícios comuns parecem estranhamente insignificantes comparados a ele. Existem muitos outros altos edifícios de apartamentos em Marselha, mas eles não só são mais confusos nos detalhes como parecem compostos, simplesmente, de inúmeros e pequenos detalhes reunidos ao acaso, enquanto o edifício de Le Corbusier tem verdadeira grandeza. Por que razão?

Isso deve-se, sobretudo, ao fato de que a subestrutura *não* foi proporcionada de acordo com medições humanas – isto é, em relação aos pequenos apartamentos –, mas numa escala gigantesca; uma subestrutura adequada para uma caixa de dimensões colossais. Quando estamos na parte de baixo do edifício, entre os fantásticos pilares, percebemos que eles foram realmente criados para sustentar um edifício gigantesco.

Aí encontramos algo da grandeza da arquitetura de Palladio. Na *villa* de Malcontenta, as antigas decorações murais ainda existem e, num dos aposentos quadrados, os afrescos retratam figuras titânicas em várias atitudes. Sente-se que a casa foi originalmente construída para tais gigantes e que, mais tarde, pessoas comuns se mudaram para ela com seus deuses do lar, que pareciam um tanto perdidos nos quartos com abóbadas de pedra.

Na realidade, as razões matemáticas da *villa* de Palladio derivaram das colunas clássicas usadas por ele. As colunas, inspiradas na Antiguidade, eram consideradas expressões perfeitas de beleza e harmonia. Havia regras para as suas proporções, até nos menores detalhes. A unidade básica era o diâmetro da coluna, de onde derivavam as dimensões não só do fuste, mas também de todos os detalhes do entablamento acima das colunas e as distâncias entre elas. Essas razões estavam estipuladas e ilustradas nos úteis livros de modelos das "cinco ordens". Onde eram usadas colunas pequenas, tudo mais era correspondentemente pequeno; quando as colunas eram grandes, tudo era grande também. Durante o primeiro período da Renascença, os edifícios eram construídos com um novo jogo de colunas e entablamentos para cada andar. Mas Michelangelo e Palladio introduziram colunas em "grandes ordens", abrangendo vários andares e, daí em diante, não houve mais limite para as dimensões em que elas podiam ser feitas ou para a monumentalidade dos edifícios. Em vez de uma pequena cornija correspondendo às proporções num andar, surgiam agora cornijas gigantescas proporcionadas em relação ao edifício inteiro, como as partes do topo e da base do bloco de Le Corbusier em Marselha. O peregrino que chegava a S. Pedro, em Roma, devia sentir-se como Gulliver na terra dos gigantes. Tudo era harmônico, porém adaptado a colunas ultralongas.

Desde então estabeleceu-se uma diferença essencial entre as proporções da arquitetura monumental e a dos edifícios domésticos. O edifício monumental tornou-se ainda mais eficaz quando colocado numa fileira de estruturas comuns, como ocorreu com várias igrejas italianas durante o período barroco. Os edifícios domésticos também tinham suas regras definidas de proporcionalidade que eram menos elásticas e não se baseavam em módulos de coluna, mas em dimensões humanas, determinadas de maneira puramente prática.

Igreja de San Giorgio Maggiore em Veneza, por Palladio. Quando as colunas colossais são vistas em conjunto com os edifícios vizinhos, de dimensões normais, torna-se evidente o quanto a igreja é imensa.

Quando consideramos o modo como um edifício é criado, damo-nos conta de que é positivamente necessário trabalhar com unidades-padrão. A madeira que o carpinteiro prepara em sua serraria deve ajustar-se à construção de alvenaria feita pelo pedreiro no local. O trabalho do canteiro, que pode ter sido feito numa pedreira distante, deve se encaixar com todo o resto ao chegar ao local da obra. Janelas e portas devem ser encomendadas de forma a se ajustarem exatamente às aberturas que foram preparadas para elas.

A própria designação da unidade de medida mais comum, empregada no passado – e ainda usada na Grã-Bretanha e nos Estados Unidos –, o pé (*foot*), refere-se a uma parte do corpo humano. Também falamos de medir pela regra do polegar (*rule of the thumb*). Um pé pode ser dividido a olho em duas, três, quatro, seis ou doze partes, e essas divisões facilmente aferidas são designadas por números simples em polegadas. Antes, existiam especificações padronizadas para tijolos, madeira, distâncias entre vigas e empenas numa casa, janelas e portas – expressas por números simples em pés e polegadas. E tudo se encaixava sem exigir novos ajustamentos no local da construção. Na Dinamarca, a construção em meia madeira, especialmente, alcançou um alto grau de padronização, embora variasse em diferentes partes do país. Em algumas províncias, os vãos tinham 5 pés de largura, em outras 6. Cada vão em meia madeira compreendia uma janela, uma porta ou uma seção de parede sólida. No estábulo, a largura de um vão correspondia a uma baia; na casa, ao quarto mais estreito – uma despensa ou mesmo um corredor. Dois vãos correspondiam a um quarto comum, três vãos, ao "melhor quarto". As alturas também estavam padronizadas e, em algumas províncias, todos os telhados tinham a mesma inclinação. Em outros países, com outros métodos de construção, havia outras subdivisões. Na Inglaterra, por exemplo, construíam-se, para trabalhadores agrícolas, moradias de dois andares, em fileiras, segundo o princípio da cumeeira comum, com uma parede de sustentação para cada casa. A subdivisão dava-se, então, em casas – de 16 pés cada – em vez de vãos.

No período barroco, não apenas as igrejas eram construídas em escala monumental; também os palácios recebiam dimensões gigantescas. As colunas e pilastras da arquitetura exterior invadiam agora os aposentos e dominavam-nos. Diz-se, geralmente, que esses palácios eram edificados em escala tão imensa para satisfazer a vaidade dos príncipes. Na realidade, as dimensões grandiosas eram inspiradas por estruturas clássicas que todos os arquitetos desse período se esforçavam por imitar, e os palácios não eram confortáveis nem facilitavam a vida neles. Mas, com o período Rococó, o pequeno aposento preponderou. Os princípios de proporcionalidade da arquitetura doméstica foram empregados mesmo em residências oficiais, e, nos castelos e palácios, a privacidade e o conforto seriam agora preferidos à ostentação e ao esplendor.

O Hospital de Frederick, em Copenhague (hoje, o Museu de Arte Decorativa), construído pelo grande arquiteto dinamarquês Nicolai Eigtved, por volta de 1750, é um bom exemplo do modo realista como o arquiteto abordou o seu problema. Todo o projeto, como era natural, baseou-se nas enfermarias, as quais foram formadas como extensas galerias. Suas dimensões foram determinadas pelo elemento básico de uma enfermaria hospitalar – a cama, fixada em 180 x 90 cm. As camas foram colocadas com a cabeceira contra uma parede, de modo a permitir o acesso por ambos os lados e pelos pés, sendo uma fileira colocada junto à parede das janelas e a outra na parede oposta. Havia um espaço

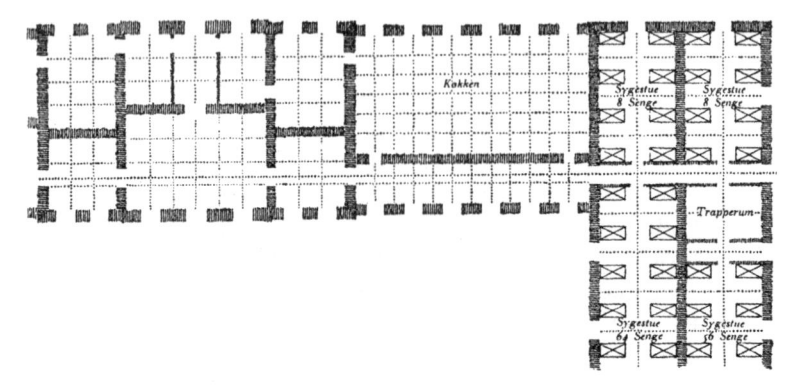

Estudo de proporções de Kaare Klint dos quartos do Hospital de Frederick em Copenhague. À direita, camas medindo 90 x 180 cm e com espaços de 180 cm entre elas.

de 180 cm entre os leitos em ambas as direções. Isso dava a um quarto a profundidade de 540 cm (uma cama + um espaço de passagem + uma cama) e uma distância de 270 cm de centro de cama a centro de cama. Em todo o outro espaço interveniente foi colocada uma janela, de modo que a distância de centro de janela a centro de janela era de 540 cm, ou seja, igual à profundidade do quarto.

Nesse edifício, como vemos, as dimensões não foram determinadas por colunas ou seções áureas ou quaisquer outras proporções "belas", mas pelos leitos que o hospital iria receber.

Esse é apenas um exemplo do modo como Eigtved trabalhava. Durante quatro anos – de 1750 até sua morte em 1754 – ele desenhou os planos para todo um bairro, a Amaliegade, onde, hoje, vive a família real. Subdividiu o terreno, fez desenhos de modelos para casas individuais, projetou os quatro palácios no Amalienborg e edificou o Hospital de Frederick. Também fez arranjos urbanísticos para todos os outros edifícios no novo bairro, de modo que, quando completado, as ruas, praças e prédios formassem uma composição bem integrada. Isso só foi possível porque Eigtved, como arquiteto que tinha em suas mãos o controle de toda a obra, trabalhou com proporções que lhe eram inteiramente familiares e relacionou-as mutuamente de maneira tão simples que podia vislumbrar todo o projeto com extrema clareza em sua própria mente.

Nesse caso, a comparação do arquiteto com o compositor justifica-se completamente – o compositor deve ser capaz de colocar sua obra em notas por meio das quais outros poderão executar sua música. Ele pode fazer isso porque os sons de que dispõe foram firmemente estabelecidos e cada nota corresponde a um som com o qual está completamente familiarizado.

Por um feliz acaso, Kaare Klint foi escolhido, no século XX, para restaurar o edifício do hospital projetado por Eigtved, no século XVIII. Anteriormente, Klint realizara estudos exaustivos sobre as dimensões de todo tipo de artigos domésticos, como base para as proporções arquitetônicas gerais. Em seu trabalho no hospital, ele descobriu que, quando os edifícios eram medidos em metros e centímetros, era impossível encontrar qualquer sistema coerente em suas proporções. Mas, medidos em pés e polegadas,

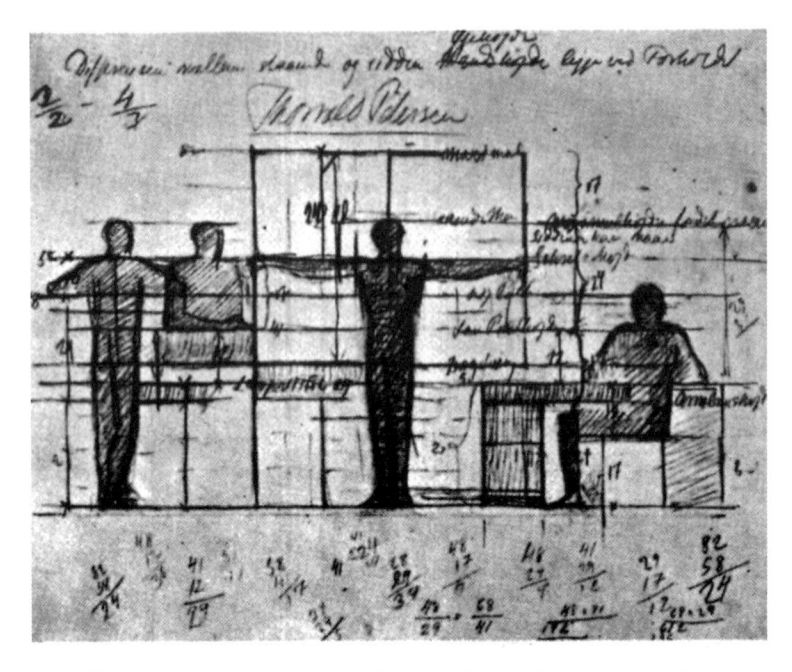

Kaare Klint: Estudos de proporções para mobiliário produzido industrialmente, 1918.

tudo tornava-se simples e claro. Em seus estudos anteriores, tinha descoberto que muitos objetos que usamos na vida cotidiana já estavam padronizados sem que nos apercebêssemos disso, como lençóis, toalhas de mesa, guardanapos, pratos, copos, garfos, colheres etc. Pode-se conceber um novo *design* para os cabos de colheres, mas uma colher de sopa e uma colher de chá devem conter uma quantidade invariável já que um remédio líquido pode ser receitado para ser ingerido na dose de uma colher. Não só as dimensões estavam padronizadas, mas podiam expressar-se, em pés e polegadas, por números inteiros. Também muitas espécies de mobiliário têm dimensões padronizadas que se baseiam nas proporções do corpo humano – como a altura de cadeiras e de mesas para vários fins etc. Klint não estava tentando encontrar uma fórmula mágica que resolvesse todos os problemas; o seu único desejo era determinar, por método científico, as dimensões naturais da arquitetura e apurar como elas poderiam de novo harmonizar-se mutuamente – não de acordo com qualquer razão predeterminada, mas por simples divisão sem resto.

Em 1918, ele desenhou uma série de móveis comerciais adaptados às dimensões e necessidades humanas e até sua morte, em 1954, continuou aperfeiçoando-os e suplementando-os. Hoje, muitos outros *designers* estão trabalhando segundo a mesma orientação. Num mundo em que a produção em massa é um fator dominante, torna-se absolutamente necessário elaborar padrões baseados em proporções humanas. Mas isso não constitui novidade. É simplesmente o desenvolvimento adicional das regras de proporção que eram universalmente aceitas nos tempos antigos.

Em outras palavras, a arquitetura possui seus próprios métodos naturais de cálculo de proporções e é um erro acreditar que as proporções no mundo visual podem ser sentidas do mesmo modo que as proporções harmônicas da música. Quanto a objetos individuais, como caixas de fósforos, a experiência mostrou existirem certas proporções que são atraentes para muitas pessoas para determinados fins. Mas isso não significa que existam certas proporções que são as únicas corretas para a arquitetura. Na catedral gótica, um efeito emocionante, capaz de nos deixar sem fôlego, era obtido por vãos muitas vezes mais altos do que largos, dimensões que provavelmente ninguém acharia atraente numa única seção de parede. Mas quando tais vãos anormalmente alongados se juntam do modo correto, como se mostra na fotografia da p. 144, podem transmitir uma impressão de harmonia musical a quem os contempla – não, entretanto, de sons musicais, mas da regularidade a que chamamos ritmo e que investigaremos no próximo capítulo.

6. RITMO EM ARQUITETURA

A fotografia das andorinhas pousadas em fios telegráficos constitui uma imagem encantadora, com sua combinação de vida e geometria. É uma composição simples de quatro linhas paralelas em que um certo número de pássaros estão empoleirados contra um fundo branco. Mas, dentro do rígido padrão retilíneo, o contínuo esvoaçar dos pássaros são variações sobre um

Detalhe do palácio do Quirinal, Roma.

tema que proporcionam uma impressão completamente cinematográfica do pequeno bando em animada atividade. Quase podemos ouvir seu alegre chilrar.

No mundo da arquitetura também podemos sentir deliciosos exemplos de variação sutil dentro da regularidade estrita. Pode ser uma fileira de casas numa rua antiga, onde moradias do mesmo tipo e período foram individualmente construídas dentro do quadro de um plano geral. Também essas casas são variações sobre um tema, dentro de um padrão retilíneo.

Muitas vezes, um artista sensível tenta deliberadamente criar efeitos que, em edifícios mais antigos, eram inteiramente espontâneos. O arquiteto sueco Gunnar Asplund assim fez, com grande habilidade, numa *villa* que construiu, em 1917-18, perto de Estocolmo. Le Corbusier, em sua igreja de Ronchamps, procurou dar vida aos planos murais mediante um padrão de janelas de vários tamanhos (ver p. 220). E muitos outros exemplos podem ser encontrados, mas todos eles constituem exceções.

Rua Quirinal, Roma.

Se um bloco residencial é planejado e construído como uma unidade, a rua não se parecerá com as velhas ruas com fileiras de casas que foram edificadas individualmente. Pois enquanto o pintor pode preencher um plano dentro de sua composição com detalhes que mudam continuamente, o arquiteto vê-se forçado usualmente a criar um método regular de subdivisão em sua composição, na qual numerosos artesãos de construção terão de trabalhar juntos. O método mais simples, para o arquiteto e os artesãos, é a repetição estritamente regular dos mesmos elementos, por exemplo, sólido, vazio, sólido, vazio, tal como contamos um, dois, um, dois. É um ritmo que qualquer pessoa pode apreender sem dificuldade. Muitos consideram-no simples demais para que signifique alguma coisa. Nada lhes diz e, no entanto, trata-se de um exemplo clássico da contribuição especial do homem para a ideia de ordem. Representa uma regularidade e uma precisão que não se encontram em parte nenhuma da natureza, mas somente na ordem que o homem procura criar.

Fondamenta di Canonica, Veneza, com os fundos do palácio do Patriarca. Ritmo típico das janelas venezianas.

Na parte baixa de Roma, o visitante fica imediatamente impressionado pela diversidade da cidade medieval. É tão variegada e é tão difícil encontrar nela o caminho quanto em um pedaço da natureza selvagem que tenha crescido a esmo. E se daí subimos ao Quirinal, não só penetramos em regiões mais esplendorosas e arejadas mas também de maior claridade. À nossa frente estende-se a longa rua Quirinal, numa inflexível linha reta. O homem impôs ordem ao caos; a colina foi domesticada. Ao longo do lado norte da rua está o palácio do Quirinal, impressionante em suas dimensões, sua majestosa serenidade e grande simplicidade. Seus detalhes também são amplos e simples. As janelas são formas como quadrados ou dois quadrados, um em cima do outro, com molduras largas e pesadas expressivamente características dos ideais do período. As distâncias entre janelas, horizontal e verticalmente, são exatamente equilibradas. Essa contínua repetição é mais excitante do que enfadonha. É como os

Fila de casas em *Bedford Square*, Londres, do final do século XVIII. Ritmo típico das janelas londrinas.

acordes de abertura de uma grande sinfonia que, num *andante maestoso*, prepara o ouvido para complexas aventuras. O Quirinal é um bom ponto de partida para quem quiser sentir Roma como um todo arquitetural.

Do mesmo modo, a Rue de Rivoli introduz uma grande escala em Paris. Oferece-nos algo para comparar com os outros edifícios. E o Rockefeller Center, com *sua* grande monotonia, deu a Nova York uma tônica que de outro modo lhe faltaria.

O ritmo um, dois, um, dois nunca se tornará obsoleto. Tem sido empregado com igual propriedade desde os túmulos rochosos do Egito até os edifícios de Eero Saarinen para a General Motors, em Detroit.

Em Veneza, encontramos um ritmo de janelas diferente, repetido vezes sem fim. Ele surgiu porque os venezianos gostam de aposentos com duas janelas separadas por um amplo pano de parede que as empurra literalmente uma para cada lado. Ninguém sabe o que deu início a esse costume. Talvez o espaço de parede fosse necessário a fim de reservar lugar para uma lareira, com uma chaminé dando para o exterior entre as janelas. De qualquer modo, redundou em fachadas com janelas acasaladas duas a duas, com um tremó estreito entre elas. A maioria das pessoas, provavelmente, imagina que os aposentos atrás dessas fachadas têm duas janelas geminadas, em vez de largamente separadas como realmente estão, pois as janelas assim acasaladas pertencem a aposentos diferentes.

Quando um certo número de casas unifamiliares é construído simultaneamente de acordo com um único plano, o ritmo é frequentemente mais complicado. A casa londrina comum do século XVIII (*terraced house*) tem três vãos com a porta de entrada de um lado. Ei-las erguidas em tempo de valsa: um, dois, três; um, dois, três. Mais tarde, por volta de 1800, surgiu um tipo mais complexo, com um ritmo para o andar térreo e um outro para o andar de cima. Entretanto, isso foi suplantado pelo ritmo das casas enfileiradas de Veneza. Desde a Idade Média, os venezianos edificaram fileiras de casas uniformes para as classes inferiores. Ainda aí existe uma fileira de moradias de quatro andares para duas famílias, construídas no século XV, com um ritmo

Fila de casas do século XV na Calle dei Preti, perto da Via Garibaldi, em Veneza. É provável que as fachadas fossem originalmente mais uniformes. Cada andar tinha o seu próprio ritmo que era repetido com estrita regularidade de um extremo ao outro da travessa, sendo as casas separadas por chaminés regularmente colocadas. Cada apartamento tem dois andares, com uma porta da rua levando ao andar inferior, e outra ao apartamento dos dois andares superiores.

Aage Rafn: Proposta para um edifício de tribunal em Kolding, Dinamarca, 1918. Não foi dada a Rafn a oportunidade de construir um edifício dotado de ritmos tão interessantes.

diferente de janelas em cada andar e chaminés externas, como as barras verticais de uma partitura musical para manter o ritmo intato. A Calle dei Preti, onde se localizam essas casas, é tão estreita que é impossível obter uma boa visão do padrão formado pelas janelas, portas e chaminés a partir da própria rua. Mas em nosso desenho das fachadas, esse padrão destaca-se com grande clareza; o arquiteto que projetou o conjunto de casas no século XV deve ter feito um desenho que lhe deu a mesma imagem. Quando se olha a fachada, da esquerda para a direita, sente-se algo como um complicado ritmo coreográfico; poderia ser tocado em quatro tambores. Os detalhes arquiteturais são tão sistemáticos e firmemente colocados nas fachadas quanto as andorinhas estão livremente espalhadas pelos quatro fios telegráficos; comparada com o chilrear dos pássaros, a música é aqui como a harmonia de uma canção em quatro partes.

Em 1918, o arquiteto dinamarquês Aage Rafn apresentou um projeto muito incomum para o edifício do tribunal de uma pequena cidade de seu país – tão incomum, que logo foi rejeitado. Possuía justamente um ritmo de janelas tão excitante quanto o das casas venezianas e uma forma que – como a de várias casas venezianas – quase ansiava por espelhar-se na água para proporcionar equilíbrio. O andar térreo tinha um ritmo regular com janelas redondas e retangulares alternando-se, enquanto o andar de cima tinha janelas uniformes e larguras de tremós alternadas. Os dois ritmos coincidiam a grandes intervalos.

Estou absolutamente certo de que a maioria das pessoas notaria que todas essas fachadas estão ritmicamente divididas. No entanto, se lhes perguntássemos o que significa ritmo em arquitetura, ser-lhes-ia difícil explicar, quanto mais definir esse conceito. O termo ritmo foi tomado de outras artes, envolvendo o elemento tempo e baseando-se no movimento, como na música e na dança.

É sabido que o trabalho físico torna-se mais fácil de ser executado quando os movimentos envolvidos são regularmente alternados. Uma tarefa que não pode ser feita de uma única vez é facilmente realizada quando levada a cabo em etapas curtas e regulares, de modo que os músculos tenham oportunidade de repousar nos intervalos. O que nos interessa aqui não é o fato de os músculos se recuperarem, mas sim que a mudança de uma etapa para outra acontece com tal regularidade que é desnecessário recomeçar tudo de novo a cada vez. Os movimentos estão ajustados tão perfeitamente que um parece dar origem ao seguinte sem esforço consciente, como o vaivém de um pêndulo. Essa alternação regular para aliviar o trabalho chama-se ritmo – e, aqui, entendo por "trabalho" toda espécie de exercício físico. A dança é um bom exemplo de tal "trabalho".

Há algo de misterioso no efeito estimulante de um ritmo. Pode-se explicar o que cria ritmo, mas é preciso senti-lo para saber no que ele realmente consiste. Uma pessoa, ao ouvir música, sente o ritmo como algo além de toda reflexão, algo que existe no íntimo dela própria. Um homem que se movimenta ritmicamente inicia o seu próprio movimento e sente que o controla. Porém, muito em breve, o ritmo passa a controlá-lo: ele é possuído pelo ritmo que o arrebata. O movimento rítmico propicia uma sensação de energia intensificada. Geralmente, também ocupa o executante sem qualquer esforço consciente de sua parte, de modo que sua mente fica livre para vaguear – um estado muito favorável à criação artística.

Eric Mendelsohn descreveu que costumava escutar discos de Bach quando tinha um novo projeto em que trabalhar. Os ritmos de Bach punham-no num estado especial que parecia libertar sua imaginação criativa. A arquitetura acudia-lhe então em grandes visões. Seus esboços mostram que não se tratava de edifícios comuns, mas estranhas formações que pareciam crescer e desenvolver-se ritmicamente. Durante uma visita a Frank Lloyd Wright, na década de 1920, ficou sabendo que acontecia o oposto com seu colega americano. Wright disse-lhe que, quando via arquitetura que o impressionava e comovia, escutava música com seu ouvido interno.

Para esses dois homens, portanto, existe obviamente uma ligação entre arquitetura e música. Mas isso ainda não explica o que se entende por ritmo em arquitetura. A própria arquitetura não tem dimensão temporal, nenhum movimento e, portanto, não pode ser rítmica do mesmo modo que a música e a dança o são. Mas sentir a arquitetura exige tempo; também requer trabalho – embora trabalho mental, não físico. A pessoa que ouve música ou presencia dança não tem nenhum trabalho físico, mas, ao perceber a *performance*, sente-lhe o ritmo como se fosse em seu próprio corpo. De modo idêntico, ela pode sentir a arquitetura ritmicamente – ou seja, por um processo de recriação já descrito. Se sentirmos que uma linha é rítmica, isso significa que, se a seguirmos com os olhos, teremos a sensação de que ela pode ser comparada, por exemplo, à experiência de patinagem rítmica sobre gelo. Geralmente, o homem que faz arquitetura também trabalha ritmicamente no próprio processo criativo. Isso resulta numa regularidade que pode ser muito difícil de expressar em palavras mas é espontaneamente sentida por aqueles que possuem o mesmo senso de ritmo.

A experiência rítmica propaga-se facilmente de uma pessoa a outras. Um grupo de pessoas reunidas para assistir a um espetáculo de dança ou a algum evento esportivo, ou para ouvir música, pode ser completamente absorvido pelo mesmo ritmo.

Pessoas que vivem ao mesmo tempo num mesmo país têm frequentemente o mesmo senso de ritmo. Movem-se da mesma maneira, obtêm prazer com as mesmas experiências. Quando vemos o vestuário de uma época passada, perguntamo-nos, muitas vezes, como era possível alguém vestir tais coisas. Num dado tempo, essas roupas eram o que havia de mais natural e agora parecem incômodas, um verdadeiro estorvo. Isso só pode ser explicado pelo fato de que as pessoas que as usavam moviam-se num ritmo diferente do nosso. Havia uma estreita ligação entre o modo como essas pessoas se comportavam e o vestuário que trajavam e os objetos que usavam, e exigiria uma boa dose de treinamento e ensaios meticulosos antes que o mais talentoso dos atores de hoje pudesse fazer uma representação perfeita de um personagem desse período. Analogamente, a arquitetura de vários períodos deve ser vista como expressões de ritmos que se alteram. Na Escalinata Espanhola, em Roma, tal como foi retratada por Piranesi, temos um esclarecedor exemplo desse fato. O problema do arquiteto era simples: criar uma ligação entre a Piazza di Spagna, embaixo, e a sobranceira Piazza della Trinità. A encosta era muito íngreme para uma rampa; era necessário um lanço de escadas. Embora Roma tivesse numerosos exemplos de escadarias monumentais – como o lanço longo e retilíneo que leva até Santa Maria in Aracoeli –, a nova escadaria, quando concluída, era uma obra única. Com suas curvas e voltas, seu traçado parece ter sido baseado na dança antiga e muito cerimoniosa – a *polonaise* – em que os dançarinos avançam quatro por quatro numa linha reta e depois se separam, indo dois para a direita e dois para a esquerda; eles voltam-se, giram de novo, fazem vênias, encontram-se novamente no vasto patamar, avançam juntos, separam-se uma vez mais para a esquerda e a direita e, finalmente, reencontram-se no terraço-superior, onde se voltam para contemplar a seus pés a vista de Roma. A Escalinata Espanhola foi construída na década de 1720 quando as anquinhas estavam em moda. A gravura de Piranesi dá uma pálida ideia de como os homens e as mulheres desse tempo se conduziam. Eles sabiam pouco sobre caminhar e muito a respeito da cerimoniosa dança da época; portanto, podiam movimentar-se graciosamente nessa escadaria que tanto se assemelhava às figuras de uma de suas dan-

A Escalinata Espanhola, Roma. Detalhe de uma gravura por Piranesi.

142 ARQUITETURA VIVENCIADA

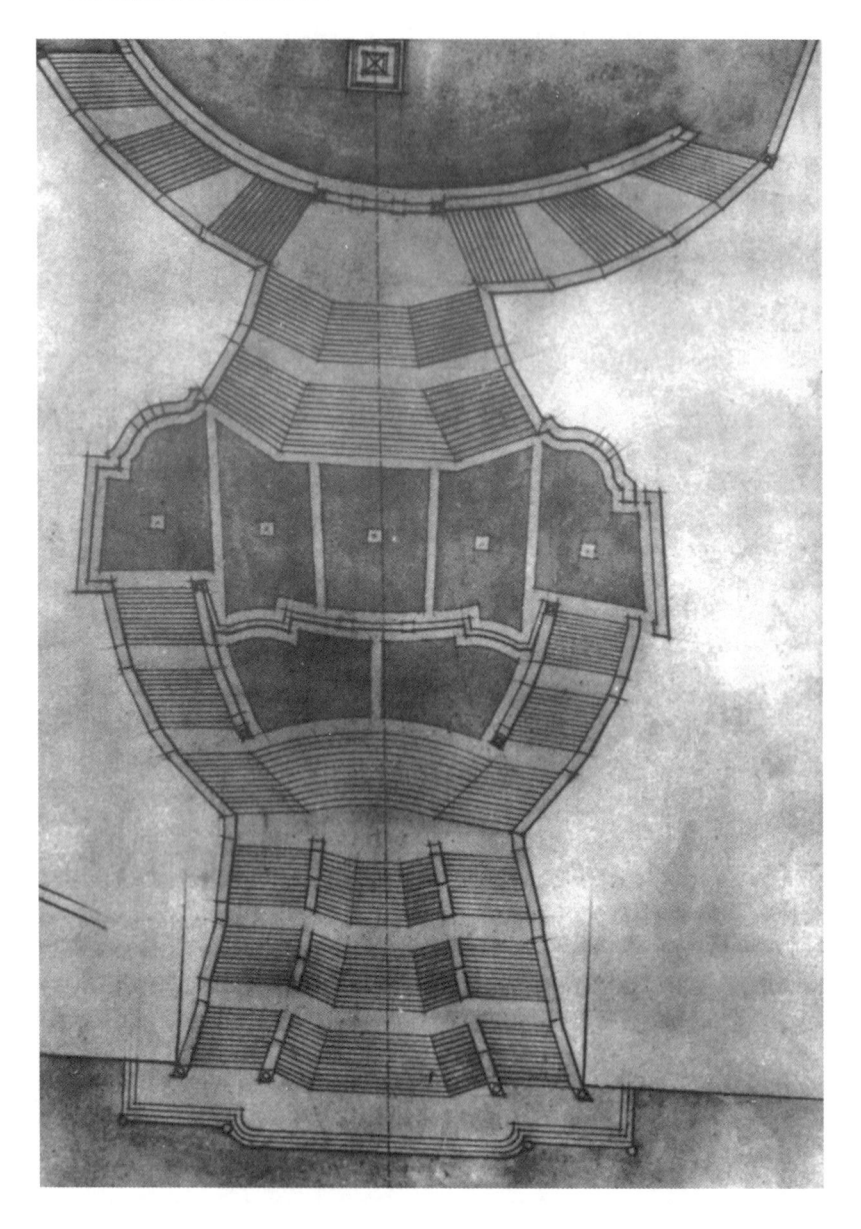

Desenho em escala da Escalinata Espanhola em Roma, feito por estudantes da Escola de Arquitetura da Real Academia da Dinamarca, 1953. Escala 1:500.

O eixo central de Pequim formado por uma grande avenida processional do palácio ao templo.

ças – os homens com sapatos de salto alto e as pontas dos pés voltadas para fora, como tinham aprendido com seus mestres de esgrima, as mulheres com seus corpetes apertados acima das amplas e ondulantes saias. Assim, na Escalinata Espanhola, podemos ver uma petrificação do ritmo de dança de um período de galanteria; ela oferece-nos uma sugestão de algo que passou, algo que a nossa geração nunca conhecerá.

Se acreditamos que o objeto da arquitetura é fornecer uma moldura para a vida das pessoas, então os cômodos em nossas casas e a relação entre eles devem ser determinados pelo modo como viveremos e nos movimentaremos neles.

Na China antiga, o imperador era também o sumo sacerdote que fazia as oferendas oficiais das quais se acreditava depender o bem-estar do país. Esse seu papel estava claramente expresso no plano e estrutura de toda a capital. Pequim estava monumentalmente disposta em torno de uma grande avenida processional que atravessava a cidade em linha reta, desde o grande salão do trono do palácio imperial até o Templo Celestial. Era uma via extremamente larga, pavimentada com grandes placas de pedra, e estava claro que não se tratava de uma avenida qualquer. As procissões seguiam a pé, caminhando lenta e solenemente. Todo o trajeto era marcado por uma rígida simetria axial, desde os pátios e portões do palácio, passando por grupos simétricos de esculturas e colunas, até o próprio templo monumental que consiste igualmente de uma composição em torno de um eixo processional.

Muitos edifícios sagrados de outros cultos são analogamente formados em torno de cortejos solenes e rituais, em que é observada uma estrita simetria. Numa catedral, o eixo oeste-leste, da entrada principal até o altar-mor, é a espinha dorsal de todo o edifício. Indica a direção das grandes procissões religiosas e da aten-

Parede do coro da catedral de Beauvais. Os vãos são muito estreitos e altos, e não podem ser percebidos isoladamente mas devem ser sentidos como um ritmo contínuo.

Abóbadas em S. Giorgio Maggiore, Veneza, por Palladio. A igreja é composta de formas ideais: arcos semicirculares e tetos abobadados.

ção dos fiéis. De pilar em pilar, de arco em arco, de abóbada em abóbada, os olhos acompanham o grandioso e solene ritmo através da igreja. Quando são vistos como parte de um movimento contínuo, é natural que cada um dos vãos do edifício não tenha proporções harmônicas; individualmente, nada significam. À semelhança dos sons do órgão, vão ressoando em sucessivas ondas e é apenas em sua relação rítmica recíproca que obtém um significado. O que é estranho em relação a essa espécie de edifício construído como moldura para procissões é que, mesmo quando está vazio, a arquitetura por si mesma já produz o efeito de uma emocionante e solene procissão. As igrejas da Renascença possuem um ritmo diferente. São menos extáticas; não atraem constantemente a nossa atenção para a frente, como as igrejas góticas. O objetivo dos arquitetos renascentistas era criar harmonia e claridade, não mistério e tensão. Preferiam formas regulares: o quadrado, o octógono ou o círculo, cobertos por uma abóbada hemisférica. Em vez de arcos ogivais, empregavam os semicirculares. Quando a igreja não era realmente um edifício centralmente planejado, o seu ritmo desde a porta oeste até a cúpula do cruzeiro progredia num passo majestoso, de uma forma perfeita para a seguinte. A arquitetura renascentista baseava-se nas regras matemáticas da proporcionalidade e, como já vimos, compreendemos intuitivamente a harmonia que o arquiteto cria consciente e calculadamente.

Nas *villas* de Palladio, sentimos imediatamente que existem relações proporcionais nas dimensões dos aposentos, os quais se tornam progressivamente maiores ao se aproximarem do grande salão central. Se introduzíssemos, nessa composição firmemente integrada, novos cômodos, dividindo os já existentes, poderíamos obter vários cômodos extras perfeitamente bons. Mas sentiríamos que eles não pertenceriam a esse lugar. Essa contraprova demonstra que os aposentos de Palladio estão ritmicamente aparentados em escala e ordem. Mas ainda que essa arquitetura seja estritamente simétrica, não dá a impressão de ter sido criada para desfiles ou cerimônias. Isso deve-se, sobretudo, à preponderância e integralidade do salão central em si mesmo. Quando estamos nele, não sentimos nenhuma compulsão para seguir adiante, pelo contrário, damo-nos por satisfeitos por permanecermos nele para daí contemplar tudo o que nos rodeia e vê-lo em relação com todo o claro sistema de direções e proporções. O eixo prolonga-se pelos campos afora, por meio de jardins simetricamente organizados, campos, alamedas de árvores, uma divisão rítmica da campina vasta e repousante.

Com o apogeu do Barroco, reapareceu um ritmo mais irrequieto. Em vez de unidade e harmonia, os arquitetos esforçam-se agora por criar sequências espaciais – cavidades que se abrem para outras cavidades. Isso é visto na urbanização barroca, em que, em vez de praças isoladas de formato regular, encontramos praças que lembram palcos, numa grande variedade de formatos, comunicando-se frequentemente umas com as outras.

Do mesmo modo, a arquitetura monumental desse período baseava-se no planejamento espacial dinâmico, com séries rítmicas de aposentos em que nenhum deles é tratado como uma unidade independente. Isso estava inteiramente de acordo com todo o sistema do Absolutismo. A residência real era formada como uma armadilha para enguias, isto é, todo o movimento ia numa só direção, cada aposento abrindo para um outro e todos conduzindo para um símbolo do regime: uma estátua real, um salão do trono ou uma câmara de audiências presididas pelo próprio e todo-poderoso monarca. Embora os *layouts* barrocos não fossem usados – como em Pequim – para procissões, eram projetados como se essa fosse a sua finalidade.

O ritmo empregado por uma geração nas artes visuais e na ornamentação é, geralmente, tão aceito pela geração seguinte que se vê adaptado a estruturas inteiras. O campo de equitação e os edifícios circundantes que são parte do palácio de Christiansborg em Copenhague (*c.* 1730) fornecem um esplêndido exemplo de um ritmo nitidamente barroco empregado numa gigantesca composição arquitetônica. Os estábulos sob o velho teatro da corte formam deliciosas perspectivas de recintos abobadados, divididos por colunas de mármore, descrevendo uma generosa curva. Mas as colunatas ao longo do lado interior do edifício são ainda mais impressionantes. Elas seguem uma linha tensa, rítmica.

Antes de 1700, as portas e janelas barrocas eram cercadas por marcos e molduras que pareciam fluir, em ritmos alternativos, da linha curva para a linha reta e depois, numa dobra abrupta para uma outra linha curva na direção oposta. O fluxo era muito semelhante ao de uma virada de patins fortemente gravada no gelo. No palácio de Christiansborg, o arquiteto transferiu esse ritmo para uma colunata inteira. Sem dúvida, ele sentia prazer em traçar os seus movimentos na prancheta de desenho. Um desenhista habilidoso, dotado de senso de ritmo, seria capaz de desenhar simultaneamente as duas linhas simétricas com um lápis em cada mão. Partindo do palácio, no alto da folha de papel, começaria com uma linha vertical e continuaria com um quarto de curva na

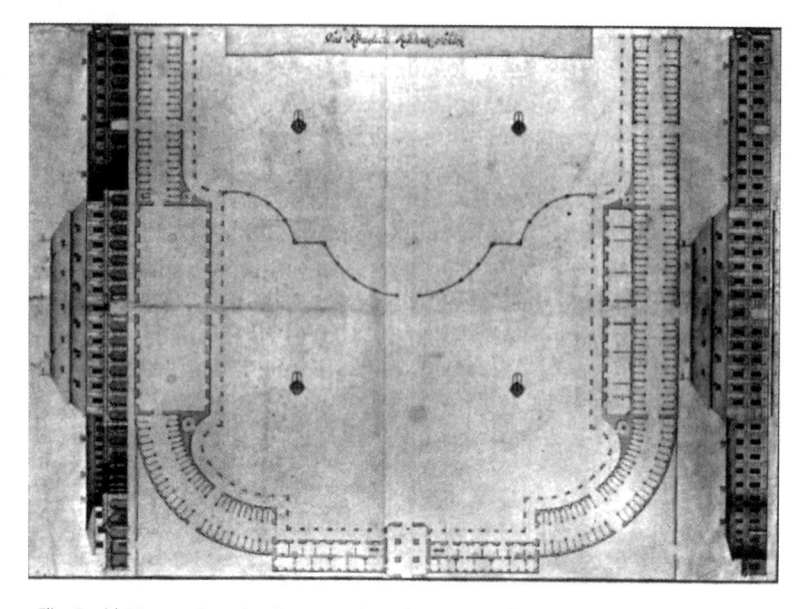

Elias David Häusser: Desenho do campo de equitação atrás do castelo de Christiansborg, Copenhague. Museu Nacional da Dinamarca.

direção do centro, que interromperia abruptamente, tal como se faz em patins quando se muda de um pé para o outro. Depois, recomeçaria num ângulo reto, descendo uma vez mais numa linha reta, para iniciar uma nova e elegante curva na direção oposta, encaminhando-a, depois, brevemente para cima com uma nova mudança de direção em ângulo reto. No desenho original – embora não na realidade – o campo de equitação está separado do palácio por um gradeamento de ferro forjado e também este é desenhado em grandes curvas projetadas para fora de um lado ao outro da frente.

Embora os exteriores dos edifícios dinamarqueses do Ressurgimento Grego do começo do século XIX possam assemelhar-se à arquitetura renascentista do século XVI, os próprios edifícios raramente possuem a harmonia rítmica da obra de Palladio. A diferença é claramente observada no palácio de Justiça da cidade em Copenhague. Exteriormente, o edifício tem a grande dignidade clássica que era o ideal de Palladio. Mas não existe conexão

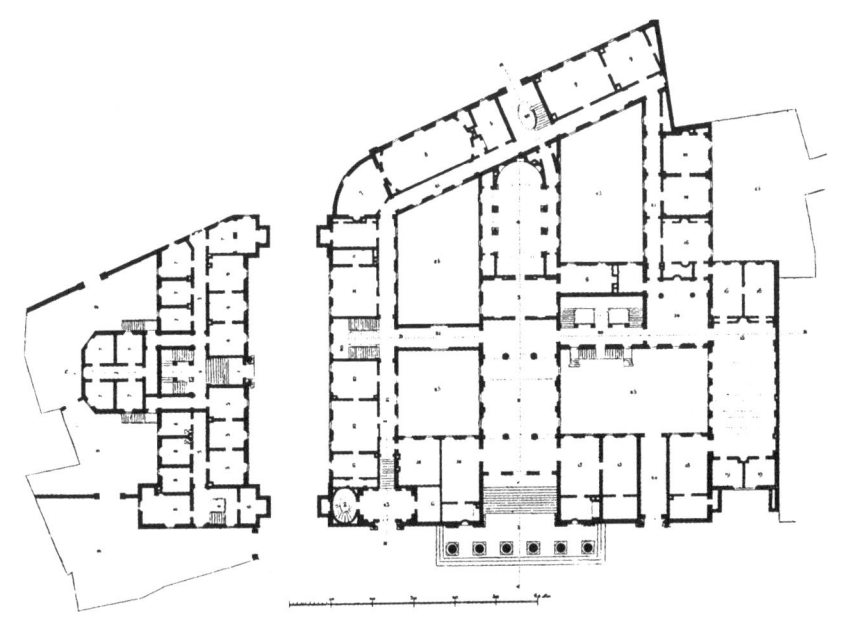

C. F. Hansen: Planta do andar térreo do Palácio de Justiça de Copenhague. Escala 1:1000.
Note-se como os pátios internos estão casualmente colocados em relação à fachada.

orgânica entre as muitas salas que se escondem atrás da imponente fachada. Cada uma delas parece ter sido planejada individualmente e projetada cuidadosamente para assegurar uma rigorosa simetria na disposição de portas e janelas. O modo como foram reunidas, entretanto, lembra mais um quebra-cabeças intricado, com inúmeras peças de todos os tamanhos e formatos. A simetria tornara-se mera convenção. O ritmo inflexível, o compasso medido haviam se propagado a edifícios onde isso nada tinha de natural. Mas, por volta de 1800, as pessoas começaram a perceber que havia algo errado e os arquitetos elaboraram novas formas com um ritmo diferente daquele da arquitetura oficial – um ritmo que poderia ser qualificado de "natural". Eles projetaram edifícios assimétricos reminiscentes das casas de campo simples vistas na Itália e preservadas em seus cadernos de esboços.

Os povos primitivos que se movimentam ao ar livre com a graça de animais selvagens – isto é, com movimentos belos e fluentes – têm frequentemente uma arte que é angular e brusca. Pois, quando um ritmo natural torna-se deliberado, há uma tendência para endurecê-lo. A arte arcaica é austera e simétrica. Desse modo, as mesmas pessoas podem ter dois tipos de ritmo: um livre, o outro métrico; um natural, o outro cerimonial. Um ritmo que é empregado por muitas pessoas ao mesmo tempo obedece inevitavelmente a um padrão regular, seja o ritmo de uma cerimônia num templo ou o de um exercício militar. Mas, num certo nível cultural, as pessoas adquirem consciência do que tinha sido até então um ritmo natural, fluente; elas descobrem sua elegância, estudam-na, imitam-na e empregam-na deliberadamente como forma de expressão artística.

De um lado da ampla avenida sagrada de Pequim – o eixo de simetria da cidade – localizam-se os jardins imperiais com veredas artisticamente sinuosas acompanhando as curvas tortuosas de lagos artificiais em cujas margens salgueiros-chorões debruçam seus ramos. Numa antiga pintura de Pequim, pode-se obter

Dos Palácios de Inverno, Pequim. Pavilhão de onde os peixes são alimentados.

uma vista geral dos cortesãos patinando no lago coberto de gelo dos Palácios de Inverno. Imagino que no começo desse dia, os mesmos homens tinham participado da grande cerimônia do Ano-Novo, caminhando lenta e solenemente no cortejo do imperador ao longo da ampla e retilínea avenida até o Templo Celestial. E, quando a cerimônia terminou, voltaram à Cidade Proibida, vestiram roupas mais confortáveis e foram para o lago gelado onde, como se vê na antiga pintura, patinaram em largas espirais.

O jardim chinês não era, em absoluto, simplesmente uma evasão da vida cerimonial. Era tão seriamente concebido quanto o traçado simétrico do templo; ele também era uma forma de culto. Em seus jardins, os chineses cultivaram a natureza, tal como a celebraram em sua poesia e a retrataram em sua arte.

A Europa também possuía seus jardins paisagísticos, em parte sob a influência da China. No século XIX, esses jardins adquiriram uma forma definida e estilizada, com alamedas sinuosas. Se não dispuséssemos de melhores informações, poderíamos pensar que se destinava a um ritmo despreocupado, deslizante, em vez dos movimentos serenos dos nossos ancestrais vitorianos. Essas alamedas serpenteantes podem ter sido estudos preliminares para os modernos elevados urbanos para veículos motorizados, com seus trevos e curvas amplas que permitem um fluxo rápido do tráfego numa velocidade uniforme. O ritmo nas alamedas sinuosas do jardim vitoriano tinha sido, provavelmente, desfrutado ao máximo pelo homem que desenhou curvas no papel. Mas o ritmo do moderno elevado propicia prazer e regozijos diários a milhares de motoristas. É a música enebriante do século XX.

Se o ritmo de Pequim era uma cadência processional, uma cadência de pedestre, o ritmo de Nova York é uma cadência de motor. O plano de Manhattan, com suas amplas avenidas e transversais numeradas, é tão simples e impressionante quanto o da velha capital chinesa. Se rodamos a grande velocidade, por exemplo, pela Segunda Avenida, podemos deixar para trás rua após rua, ao passar rapidamente pelos semáforos verdes. E, como antítese do compasso marcado dessa parte da cidade, estão as vias expressas East River Drive e Henry Hudson Parkway que ladeiam a cidade. Aí não existem cruzamentos de ruas, mas apenas vias de entrada e de saída que colocam e tiram os automóveis da

Jacopo Tintoretto: Ariadne (sentada) e Baco; Vênus, o corpo contorcido, flutua e retira a coroa de estrelas da cabeça de Ariadne. Palácio dos Doges, Veneza.

via expressa no mesmo ritmo fluente. O tráfego flui continuamente, cruza pontes e desce amplas rampas, avançando sempre e sempre em extensas curvas até alcançar os arredores e o campo aberto sem uma só parada, continuamente subindo e descendo em sincronia com os contornos da terra. Esse é o ritmo de Nova York, mas apenas ao volante de um automóvel é possível marcar o compasso, sentir a cadência em nosso sangue. Que grande distância percorremos desde os dançarinos de *polonaise* e minueto da Escalinata Espanhola! Não se trata apenas de termos descartado os ritmos antigos e os termos trocado por outros; os ideais de hoje também são inteiramente diferentes. O ritmo é novo em praticamente todos os campos. O filme, que tecnicamente consiste de inúmeras imagens separadas, é visto deslizando num fluxo ininterrupto. As classes sociais que nos tempos antigos adquiriam elegância e boa postura graças às lições de esgrima, hoje jogam tênis ou outros esportes com bola. Em vez da estocada marcial do florete, através da súbita arremetida do corpo rigidamente mantido, há a liberdade de movimentos da raquete de tê-

RITMO EM ARQUITETURA **153**

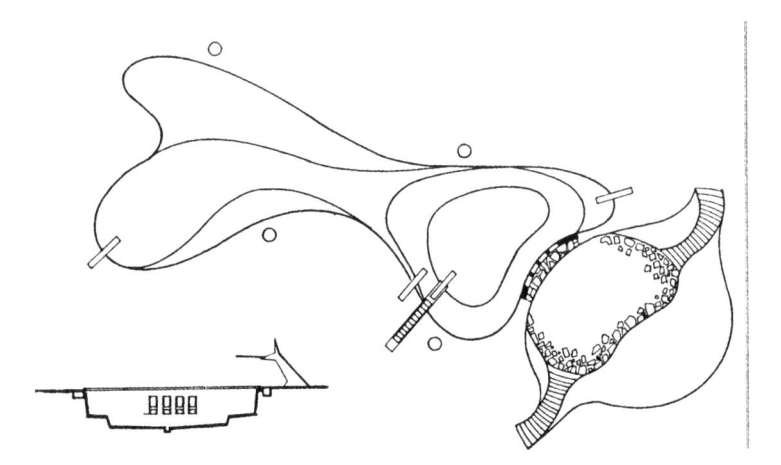

Giulio Minoletti: Piscina em Monza, Itália. Escala 1:1000. De uma depressão no lado da piscina podem-se observar os nadadores através de uma janela abaixo da superfície, onde está colocada uma figura abstrata e revestida de mosaico.

nis, em que todo o corpo balança e se contorce. Mas é provavelmente na natação que o novo ritmo se manifesta mais claramente. Durante séculos, a natação também teve o cunho do exercício militar; o nado de peito era ensinado para uma contagem de quatro. Em contraste com a marcha, era uma forma completamente simétrica de movimento, adequada para soldados que tinham de tomar de assalto um rio com todo o equipamento de campanha às costas. E então, um dia, no começo do século atual, alguém descobriu que os povos primitivos das ilhas dos Mares do Sul tinham um modo muito mais eficiente de nadar – um movimento rolante, ininterrupto e assimétrico – e assim o *crawl* foi introduzido no Ocidente. Aparecia um novo ritmo.

Essa mudança na área dos esportes lembra a mudança que ocorreu nas artes visuais com Rafael, Michelangelo e Tintoretto, uma mudança de um estilo rígido, frontal, para outro mais plástico, com movimento e ritmo. As figuras de Tintoretto parecem flutuar através do espaço, de um modo fantástico e deslizante. Em 1951 – 400 anos depois da pintura de Tintoretto –, o arquiteto italiano Giulio Minoletti projetou uma piscina com um ritmo muito semelhante.

Existem edifícios que, em sua forma exterior, são reminiscências do *design* de navios, o qual se baseia inteiramente em planos curvos. A Torre de Einstein, em Potsdam, de Eric Mendelsohn, antecipou-se por muitos anos às formas aerodinâmicas de automóveis. Mas assim como é natural e correto que navios e peixes sejam constituídos de modo que possam movimentar-se o mais facilmente possível através da água, nada há de natural em se dar forma aerodinâmica a estruturas que não se destinam a ter movimento. O traçado de edifícios, que são estáticos, deveria basear-se no movimento que fluirá *através* deles. Mas em muito poucos encontramos o ritmo do jardim inglês ou da moderna via expressa – o que é normal, uma vez que não nos movimentamos no interior de um edifício com a velocidade em que rodamos numa via expressa. Nos últimos 50 anos, entretanto, o projeto de muitos edifícios, grandes e pequenos, baseou-se em outros movimentos que não os estritamente simétricos de épocas anteriores. Inúmeras tentativas foram feitas para libertar a arquitetura do ritmo rígido e cerimonial.

RITMO EM ARQUITETURA **155**

Frank Lloyd Wright: *Glass Shop*, construído para V. C. Morris, São Francisco, 1948. *Embaixo*, planta. Escala 1:200.

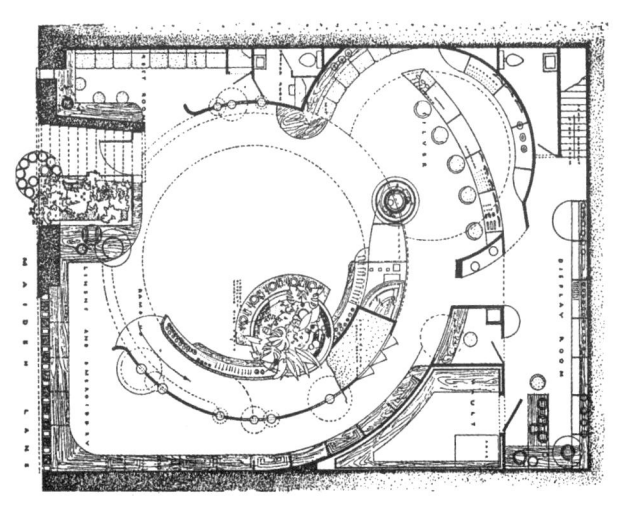

Duas residências projetadas por Frank Lloyd Wright, *Taliesin West* e *Taliesin East*, são bons exemplos disso. O projeto de ambas as casas baseia-se na paisagem e no modo como nos movimentamos nelas. Em São Francisco, ele construiu uma loja de objetos de vidro composta em torno de uma espiral ascendente. As formas arredondadas e curvas dos artigos de vidro a serem expostos na loja inspiraram-no a criar uma sala em que tudo fosse arredondado e curvo em vez de retangular. Ao mesmo tempo, ele queria tornar a circulação pela loja mais atraente do que nas de formato comum, em que os clientes passam entre filas de prateleiras dispostas em linha reta. A galeria curvilínea e ascendente realça os artigos expostos de modo que sejam continuamente vistos de novos ângulos e, ao mesmo tempo, obtém-se uma visão desimpedida de toda a loja e suas mercadorias. A concepção é interessante, mas, com a execução, tornou-se mais geométrica do que rítmica. Foi obviamente projetada com a ajuda de um compasso e, embora as formas estejam todas relacionadas entre si, não existe um ritmo natural fluindo através delas. O mesmo pode ser dito de outros edifícios de Frank Lloyd Wright. Ele criou muitas composições completamente simétricas e outras em que abandonou a simetria e o ângulo reto em favor de triângulos e hexágonos, ou de formas inteiramente redondas. Isso pode facilmente tornar-se algo forçado, uma espécie de artificialidade, como na *Hannah House*, em Palo Alto, onde não só a garagem, feita para alojar automóveis retangulares, mas também a cama do casal foram formadas como romboides com ângulos de 60 e 120 graus.

Frank Lloyd Wright abriu novos caminhos e possibilitou a outros arquitetos trabalharem mais livremente. Entretanto, não é necessário abandonar as formas retangulares tão naturais e fáceis de empregar; podemos facilmente mover-nos com liberdade através de cômodos que são retangulares e entre paredes que têm formas claras e regulares.

A arquitetura moderna produziu muitos e belos exemplos de edifícios com um ritmo livre. Na Suécia, Gunnar Asplund realizou vários trabalhos com ritmos interessantes, incluindo projetos simétricos e assimétricos para um cemitério em Estocolmo. A sua exposição de Estocolmo, em 1930, revestiu-se de especial importância porque, até então, muitas das grandes exposições tinham

Alvar Aalto: Sistema de transporte para uma serraria em Varkaus, Finlândia.

dado um mau uso à simetria monumental. E todas as suas obras subsequentes são ensaios em ritmos modernos.

Há também um ritmo claro e interessante em toda a obra de Alvar Aalto. Se compararmos seu pavilhão da Finlândia, na Feira Mundial de Nova York, com sua parede interior ondulante, com a loja de objetos de vidro de Frank Lloyd Wright, estou certo de que a maioria das pessoas considerará a obra de Aalto a mais natural. Mas ele deve ser julgado por sua arquitetura cotidiana. Seu extraordinário emprego de efeitos texturais contrastantes e a maneira orgânica como erige suas estruturas são imediatamente evidentes. Mas é seu firme domínio do todo que torna seus edifícios tão surpreendentemente vitais. Eles têm algo a nos dizer. Aalto realizou uma união entre a arquitetura e a vida. Seus edifícios são construídos em função da vida a ser vivida neles, quer se trate de uma fábrica com linhas de montagem e maquinaria ou um centro de vivência com inúmeras funções humanas. Ele evita o estéril que se observa em várias arquiteturas modernas. Em 1948, projetou um dormitório para o Instituto de Tecnologia de Massachusetts que foi executado em conjunto com um grupo de arquitetos americanos e não foi tão bem-sucedido, em todos os detalhes, quanto os edifícios pelos quais Aalto foi o único responsável. Mas, ainda que uma imperfeição possa ser apontada aqui e ali, trata-se, no entanto, de um dos mais importantes monumentos da arquitetura do século XX. O próprio M.I.T. é um vasto grupo de edifícios monumentais com uma ampla frente voltada para o rio Charles. Deve ser visto à noite, quando todo o complexo é banhado pela luz de projetores e as pesadas paredes de pedra calcária parecem quase insubstanciais em sua brancura espectral. Visto de Boston, do outro lado do rio, o M.I.T. adquire a aparência de um palácio encantado, com sua imponente cúpula do Panteão, sua colunata frontal e ampla escadaria. Todas as noites, eleva-se entre os letreiros luminosos e os edifícios comuns que o circundam, como um monumento do passado, daquela distante noite de agosto de 1916 em que teve lugar sua pitoresca inauguração: do lado de Boston, um desfile de gondoleiros venezianos liderados por um doge desceu lentamente para o rio. Em seguida, vinham outros homens envergando longas capas e capuzes carmesins que transportavam um cofre dourado e ricamente decorado contendo os estudos do M.I.T. e outros documentos. Uma suntuosa gôndola transportou-os para a margem de Cambridge, onde de novo se organizou um desfile que, em passo cadenciado, prosseguiu ao longo do eixo central até a grande colunata da entrada, sob a cúpula.

    Todo o grupo de edifícios, de pedra, bronze e outros materiais dispendiosos, parecia ter sido criado apenas para esses breves momentos de pompa, os quais jamais poderão se repetir porque,

Instituto de Tecnologia de Massachusetts, Cambridge, Massachusetts. Fotografia aérea.

agora, os edifícios encontram-se separados do rio pelo Memorial Drive, uma via expressa que apresenta um interminável fluxo de automóveis. E, diga-se de passagem, não haveria lugar onde concentrar um tal desfile, pois o arquiteto não construiu um grande salão no interior do edifício principal que fosse digno de seu monumental exterior. Durante o dia, a fachada é triste, sem vida, embora isso não signifique que a vida não pulse intensamente por trás dela. Contudo, essa vida não tem nenhuma conexão com a monumentalidade vista à luz dos projetores durante a noite. Ela desenrola-se num eixo muito diferente. Nos fundos do edifício há um gigantesco parque de estacionamento onde professores e alunos guardam seus carros antes de entrar no edifício por sua entrada principal que está numa extremidade e não no eixo de simetria do edifício. Também aí existe uma cúpula e, sob ela, um extenso e largo corredor que liga muitas alas e departamentos.

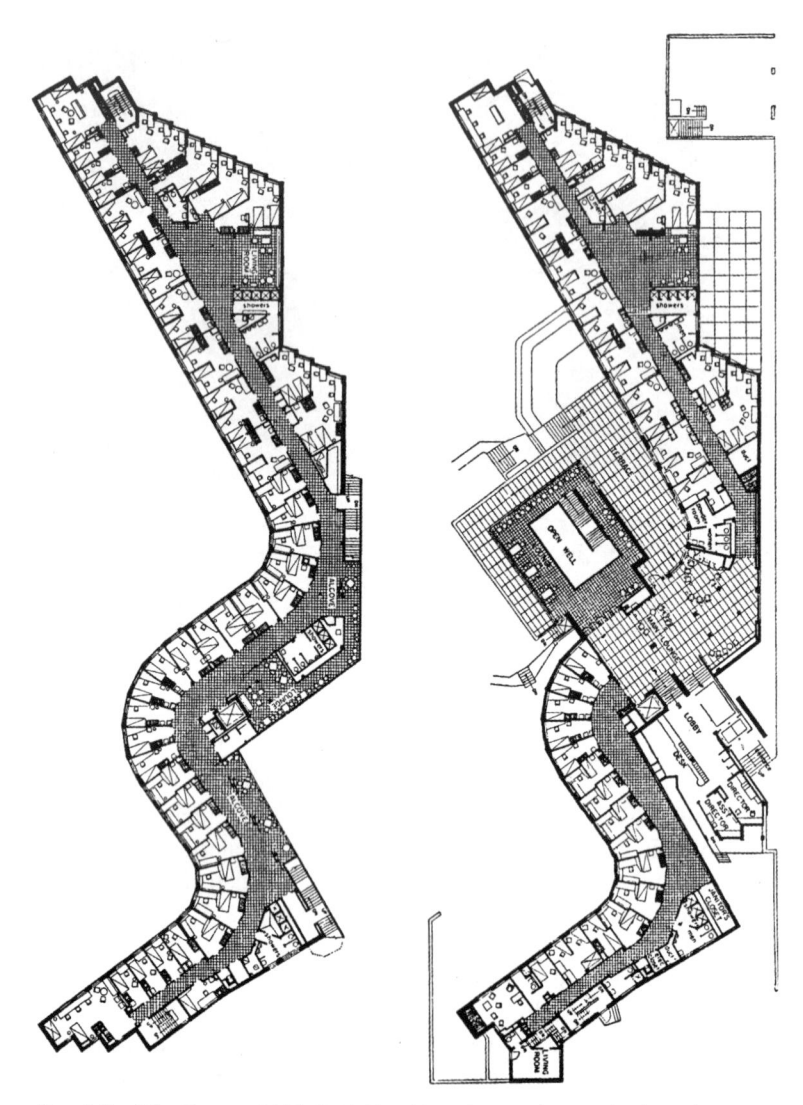

Alvar Aalto: *Baker House* no M.I.T., Cambridge, Massachusetts. *À esquerda*: planta dos andares; *à direita*: planta do andar térreo. Escala 1:700.

Alvar Aalto: *Baker House* no M.I.T., Cambridge, Massachusetts. Comparar com a p. 191.

Essa é a espinha dorsal do M.I.T. Por aí passa uma corrente constante de estudantes trajando a indumentária informal dos jovens – *jeans* e camisetas brancas –, situação bastante diversa do cerimonioso desfile que inaugurou o Instituto em 1916.

Foi para esses jovens que Aalto projetou a *Baker House*, um dormitório que também tem uma extensa frente voltada para o rio Charles, porém, mais de acordo com as tradições de Cambridge, construído de tijolo vermelho. Aalto queria que o maior número possível de alojamentos tivesse uma vista do rio e, portanto, deu à fachada do dormitório uma parede ondulatória. Não existe um eixo monumental, mas apenas um longo e ininterrupto ritmo que, somado ao caráter textural áspero e rugoso do edifício, provavelmente, constitua a primeira coisa que a maioria das pessoas nota. Mais importante ainda é o modo como todo o traçado se baseou nas funções do edifício, na vida dos estudantes para quem ele foi construído. Tal como no edifício principal, entra-se na *Baker House* pelos fundos. Da entrada, atravessa-se diretamente o refeitório, o qual se projeta para a frente, na direção do rio, como um edifício independente com a grande parede ondulada como pano de fundo. A partir da entrada, podem-se também alcançar as escadas para os andares superiores, as quais sobem pelo exterior do edifício, em longas linhas oblíquas, uma de cada lado. Essas escadas podem ser comparadas a uma planta trepadeira que brota do chão num ponto e se espraia pelas paredes.

Muito se tem dito e escrito a respeito do conformismo que é considerado um grande perigo para a juventude americana. Tal conformismo certamente não era notório entre os sinceros e interessados estudantes vindos de todas as partes do país que frequentavam o M.I.T. enquanto eu aí estive. Para esses jovens, Aalto criou um edifício que evita completamente os quartos estereotipados e a atmosfera de formigueiro dos dormitórios antigos, e os estudantes adoraram isso. Ele propiciou a cada um a oportunidade de existir como indivíduo, bem como de levar uma vida comunitária. Na *Baker House*, os estudantes podem reunir-se em grandes grupos nas salas de estar e em grupos menores nas salas comuns de seus próprios andares. Ou podem retirar-se para a privacidade de seus próprios quartos, os quais, como todas

Alvar Aalto: *Baker House* no M.I.T., Cambridge, Massachusetts.

as partes do edifício, são profundamente humanos porque o projeto se baseou na vida que iria ser vivida neles. Os quartos não podiam ser uniformes por trás da fachada ondulante. Um tem vista a montante do rio, um outro a jusante; um está por trás de uma parede côncava, um outro, de uma convexa. Cada estudante sente que seu quarto tem uma localização única e cada quarto foi disposto atendendo às necessidades e ao conforto de seus residentes. Há espaço para estudo com escrivaninha embutida e prateleiras de livros junto da janela; e, mais ao fundo, espaço para repouso, com cama e armário. E a todos foi dado um caráter específico graças a uma feliz escolha de cor e de materiais resistentes mas elegantes.

O edifício deve ser sentido quando está em funcionamento. Somente jantando com os estudantes no refeitório, subindo as escadas e visitando-os em seus quartos, descobrimos que, tal como a igreja e o palácio possuem seus ritmos cerimoniais, esse edifício enorme e cheio de vida tem um ritmo especial, o ritmo de um dormitório estudantil moderno.

7. EFEITOS TEXTURAIS

Nas encostas meridionais das Smoky Mountains, existe uma reserva dos índios Cherokee. As casas estão escondidas na densa floresta, mas uma rodovia vizinha que atravessa o distrito amplia-se ao atingir um vale muito verdejante e aí os índios instalaram barracas para atrair os turistas. Além dos bares e barracas usuais que vendem pretensiosos *souvenirs* de gosto duvidoso e vistosos postais ilustrados, há uma barraca que testemunha uma cultura antiga, exemplos de efeitos estruturais e texturais que ainda têm algo a nos dizer. É a barraca dos artigos de vime. Podemos ver cestas índias nas lojas de muitas cidades, mas elas parecem muito mais apropriadas aqui, protegidas por tela de galinheiro em vez de placas de vidro, nas prateleiras de madeira tosca da modesta barraca de tábuas rústicas.

A arte da cestaria é uma das mais antigas, porém ainda é jovem e vital. Entretanto, as cestas índias à venda em Cherokee não são, até onde pude apurar, produtos de uma tradição cultural ininterrupta. Brancos interessados nesse tipo de artesanato induziram os índios a dedicarem-se a ele e a reutilizarem os antigos padrões. Mas isso não faz com que as cestas sejam menos interessantes, e, sem dúvida, elas merecem um estudo mais atento.

A maioria das cestas são fabricadas a partir de uma base quadrada, com cantos redondos e formatos que se estreitam em direção à abertura circular no topo. A própria técnica de trançado

Cestas provenientes da reserva Cherokee na Carolina do Norte.

leva a certos padrões, tal como ocorre com a tecedura de produtos têxteis. É possível, evidentemente, fazer uma cesta útil sem empregar nenhum sistema no modo de trançá-la; porém é mais difícil entrançar fibras sem um sistema e obter um bom resultado do que se um padrão definido for seguido. O cesteiro orgulha-se em fazer o entrançado o mais uniforme e regular possível e, ao mesmo tempo, mostrar habilidosamente que existe um padrão. Embora esses padrões possam ser muito intricados, a técnica é tão simples que qualquer pessoa pode apreciar o trabalho à medida que ele se desenvolve. Sua própria simplicidade atrai algo em nós. Quando são usadas duas cores, é ainda mais fácil acompanhar o processo de entrançamento das fibras em torno da cesta. Os padrões podem variar dos mais elementares aos extremamente complexos, e os desenhos geométricos são particularmente adequados para a técnica de cestaria. Os índios aperceberam-se disso e é surpreendente ver com que exatidão seus desenhos se desenvolvem em torno da cesta. A técnica fixa um limite definido aos padrões que podem ser utilizados, mas esse mesmo fato parece ter um efeito estimulante sobre a imaginação dos índios. Cada nova cesta que iniciam torna-se um fascinante problema a ser resolvido. Em todas as civilizações, a tecelagem e a cestaria levaram a uma riqueza de padrões geométricos que, ao tornarem-se populares, acabariam sendo transferidos para outros materiais menos limitadores. A técnica também influenciou outras artes. Os mais antigos recipientes de barro eram cestos internamente revestidos de barro para se tornarem impermeáveis.

Os índios não conheciam a roda de oleiro antes de os europeus chegarem à América. Sua técnica de cerâmica era reminiscente de uma forma muito primitiva de cestaria. Primeiro *amassavam* o barro em longas roscas, fazendo-o rolar repetidamente

Maria Martinez, de Santo Ildefonso, Novo México, formando sua excelente cerâmica.

Casas e automóveis em Taos, Novo México.

entre as palmas das mãos. Esses rolos formavam anéis, a partir dos quais os vasos iam sendo montados. Depois, com as mãos, os índios moldavam-nos até obterem o formato desejado e uma superfície lisa e uniforme. Tal cerâmica é tão bem moldada e tão uniformemente redonda que é difícil perceber que ela não tenha sido produzida com a ajuda da roda de oleiro.

    Certas tribos índias produziram não só recipientes para cozinhar, mas casas inteiras de barro. As paredes dessas casas são tão lisas que se assemelham a paredes rebocadas. Originalmente, a entrada era por cima, através de um postigo no telhado, de modo que os residentes desciam para seus lares como se entrassem num vaso de barro. A um lado dessa casa quadrada com cantos boleados está um depósito que é completamente redondo como uma urna antiga. Bem próximo a esse depósito está geralmente estacionado o carro da família. Também ele é redondo e liso. Temos aí, lado a lado,

Construindo um modelo de barro de um automóvel.

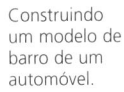

dois exemplos esclarecedores do modo como o homem – em épocas muito diferentes – procurou criar formas e superfícies que não dão a impressão de sua estrutura ou sua origem. A carroceria arredondada do automóvel, pintada a pistola, esconde uma porção de dispositivos mecânicos – o carro parece ser constituído de uma só peça, uma massa homogênea. Sua concha polida foi formada sobre um sólido molde de barro que o *designer* amoldou, alisou e arredondou exatamente como o índio do *pueblo*, em seus dias, tinha alisado e arredondado sua casa de barro.

Encontramos continuamente essas duas tendências em arquitetura: por um lado, a forma rudimentar da cesta que enfatiza a estrutura e, por outro, a forma lisa e uniforme do vaso de barro que esconde a estrutura. Alguns edifícios têm paredes estucadas, de modo que vemos apenas a superfície rebocada; em outros, o tijolo está descoberto, revelando o padrão regular das fiadas. Em certos períodos, domina uma tendência, em outros, a outra. Mas também há edifícios em que ambas são empregadas simultaneamente a fim de se obterem contrastes eficazes. As fotos da "Casa na Queda-d'Água", de Frank Lloyd Wright, nas pp. 78 e 79, fornecem um bom exemplo disso. Suas paredes de calcário rústico contrastam com blocos macios de cimento branco e vidro e aço reluzente.

As superfícies lisas devem ser absolutamente homogêneas. É difícil explicar por que minúsculas diferenças no caráter textural, que são quase impossíveis de serem medidas por instrumentos científicos, nos afetam tão fortemente. Mas quando consideramos que a diferença essencial entre os sons de um excelente violino e os de um outro de qualidade regular só pode ser apurada pelo ouvido humano, é compreensível que o olho sensível seja capaz de perceber a diferença entre uma textura firme e nobre e uma medíocre e mal-acabada, mesmo quando não há padrão superficial e os materiais são provenientes da mesma matéria-prima. Não temos uma razão para as nossas diferentes avaliações, mas a diferença que percebemos é bastante real. As palavras podem nos colocar na pista certa, mas nós mesmos temos de sentir os efeitos texturais para compreendermos o que realmente eles são.

Uma frase do escultor dinamarquês Thorvaldsen frequentemente citada diz: o barro é vida, o gesso é morte e o mármore é ressurreição. É uma observação muito sugestiva. Se imaginarmos três cópias da mesma estátua, uma em cada material, descobriremos que elas são essencialmente diferentes umas das outras. Por que o gesso é tão menos satisfatório do que o barro? Talvez porque saibamos que o gesso é mecanicamente produzido e, portanto, lhe falte espírito? Os amantes da arte afirmam que os velhos moldes de gesso têm grande beleza estética. O próprio Thorvaldsen era um colecionador de moldes de gesso e nos porões do Museu Thorvaldsen, em Copenhague, estão muitas e belas cópias de escultura antiga. Mas o conhecedor pode perceber uma grande diferença entre um antigo molde de gesso e um que acabou de ser feito. Este último tem menos caráter; sua superfície parece ser menos firme. É como massa folhada endurecida, cheia de bolhas perfuradas. Além disso, o gesso fresco não só reflete luz, mas permite que parte dela penetre um pouco abaixo da superfície, de modo que fica difícil obter uma impressão exata da forma. Até que ponto isso pode ser insatisfatório é mais bem avaliado pela comparação entre uma estátua antiga e uma recém--moldada. A antiga parece ter amadurecido. O tempo encheu a maioria dos minúsculos poros, e a poeira dos séculos cobriu toda a figura com uma película cérea, de modo que a luz já não pode penetrar. Um antigo molde de gesso está em seu melhor estado quando muito manuseio o poliu e lhe deu uma superfície semelhante à do marfim.

Os moldes de cimento cinza têm ainda menos caráter do que os de gesso. Haverá algo mais deprimente de contemplar do que o pátio de uma fundição com sua exibição de peças de cimento, como pequenos leões agachados, balaústres renascentistas e moldes sofrivelmente articulados? Quando se unem a materiais que possuem mais caráter, como tijolo ou pedra, o resultado pode ser fatal. Isso é repetidamente visto em pequenos mas pretensiosos chalés suburbanos, onde as paredes de tijolo vermelho são profusamente decoradas com detalhes de cimento. E já observamos, nas calçadas da capital dinamarquesa, que o cimento e o granito não combinam entre si.

Até mesmo os materiais mais nobres perdem seu caráter quando empregados sem habilidade e compreensão. As superfícies lisas do bronze só se tornam satisfatórias depois de terem sido refinadas pelas ferramentas do cinzelador.

Na arquitetura mais antiga, o único ornamento pré-moldado que se empregava era o ferro, e sempre pintado. Mas, no século XVIII, os arquitetos ingleses começaram a usar, nas fachadas, detalhes de gesso em vez de pedra. Eram muito mais baratos e podiam ser encomendados por catálogos que continham todos os itens clássicos: fechos de arco com a cabeça de Zeus, adufas, cornijas e molduras, e figuras inteiras. No início, os moldes eram, evidentemente, meras imitações de pedra autêntica, mas logo o gosto tornou-se mais refinado e os detalhes moldados receberam uma leve camada de tinta. Na primeira metade do século XIX, a fachada inteira de muitas casas londrinas era pintada numa cor clara; paredes, ornamentos de pedra e gesso, madeiramentos, detalhes de ferro e até calhas de latão, tudo apresentava o mesmo efeito textural. Na Dinamarca, os arquitetos manifestam tanto respeito pela pedra que lhe permitem ficar em seu estado natural no meio de uma fachada pintada. O efeito é muitas vezes tão desagradável quanto o de uma mão suja numa toalha de mesa impecavelmente branca – uma mão rude e áspera. Na Regent Street, em Londres, era estipulado nos arrendamentos que todas as fachadas deviam ser pintadas. Tinham de ser lavadas uma vez por ano e repintadas de quatro em quatro anos. Era dispendioso, mas como era elegante!

Mais tarde, no fim do século, essas fachadas lisas e coloridas foram consideradas como essencialmente desonestas. Tinta no exterior de uma casa era tão repreensível quanto a pintura no rosto de uma senhora. Os arquitetos do final da era vitoriana eram incapazes de ver até que ponto isso poderia ser encantador. Eles tinham um sentimento acerca de texturas que era basicamente moral; somente materiais "honestos" eram toleráveis. Esteticamente, isso significava que eles estavam mais interessados em estruturas ásperas do que em superfícies uniformemente polidas. Apontavam para edifícios históricos que deviam seu esplendor a efeitos texturais fortes, embora lhes fosse igualmente fácil encontrar famosos exemplos históricos com fachadas lisas e pintadas. O objetivo de se pintar uma superfície é, em primeiro lugar e acima de tudo, o de protegê-la e torná-la agradável ao tato. Para os chineses e japoneses, a laca não é simplesmente um revestimento que esconde o material subjacente, mas constitui, em si mesma, um material independente. Eles aplicam a laca, esfregam-na, aplicam uma nova camada e esfregam-na de novo. Com frequência, existem tantas camadas duras que é possível lavrar decorações na laca. E não só pequenos objetos são tratados desse modo, mas peças inteiras de mobiliário e até edifícios. As colunas e beirais de madeira de templos chineses, as inúmeras mísulas sob seu telhado recurvo, recebem primeiro uma camada de fibra vegetal e barro, como um fino emboço, e é sobre isso que se aplica a laca. Nesse caso, não se trata de uma questão de honestidade ou desonestidade, mas apenas de dar ao trabalho de madeira uma cobertura protetora e uma cor ritual brilhante.

Todo proprietário de barco sabe que se este não for regularmente pintado, apodrecerá. E em cidades onde vive gente do mar vemos que as casas são mantidas tão impecavelmente betumadas

Casas pintadas em Middelfart, Dinamarca.

e pintadas quanto os barcos. Isso ocorre em cidades holandesas (mas não em Veneza, onde também os barcos são, em sua maior parte, muito maltratados). Na Holanda, eles não só betumam a base e pintam o madeiramento de suas casas mas, muitas vezes, a parede inteira – seja de tijolo ou de pedra – também recebe uma camada protetora. Eles estilizam as cores naturais: o tijolo é pintado em castanho-avermelhado, a base e as soleiras das portas em cinza-azulado, o arenito em creme. Além dessas cores, veem--se frequentemente cores douradas e heráldicas em brasões e motivos ornamentais. Porém, o mais primoroso de tudo são as portas verdes. Em nenhuma parte do mundo se encontra melhor pintura. Embora ricamente detalhadas e compostas de muitas peças de madeira, essas portas são pintadas com uma uniformidade tão

Porta principal de um edifício na *Bedford Square*, Londres. Paredes pintadas de preto com juntas brancas; moldes de pedra em torno da porta; parede da área de serviço, molduras e faces laterais do vão da porta pintadas em cor clara.

impecável que parecem feitas de uma só peça. Não se vislumbra o mais tênue indício de pincelada, o mais leve erro, tudo o que se vê é uma superfície compacta e brilhante, condizente com a forma. A tinta faz com que toda a casa seja texturalmente homogênea, embora construída de muitos materiais, cada um com sua própria cor.

A mesma simplicidade reluzente é encontrada em muitos vilarejos litorâneos dinamarqueses. Até as edificações pouco graciosas do final do século passado, com paredes de tijolo industrial e feios detalhes ornamentais, tornam-se elegantes e atraentes depois de serem pintadas.

Na Londres do século XIX, além de casas de estuque pintadas, havia outras com paredes de tijolo à vista que estavam quase enegrecidas por fuligem e fumaça e, às vezes, tinham até uma camada superficial de negro de fumo. Essas paredes enegrecidas formaram um efetivo fundo para os leves detalhes de pedra pintada. Também aqui não se tratava de uma questão de *imitação*, mas apenas de obtenção de um elegante *efeito textural* graças à combinação de elementos lisos e ásperos. Embora os detalhes fossem de pedra, o efeito estético era muito semelhante ao produzido pela pintura clara do madeiramento contra o fundo de tijolo escuro de tantas casas Queen Anne em Londres. Quando se instalou o ecletismo em arquitetura, os arquitetos descobriram que, com a ajuda dos detalhes baratos, pré-moldados, podiam imitar qualquer estilo. Os efeitos texturais refinados e as formas distintas já não eram apreciados. Os arquitetos consideravam-se muito satisfeitos se, com a ajuda de detalhes facilmente reconhecidos, pudessem fazer com que seus edifícios se assemelhassem a protótipos históricos. Mais tarde, transcorridas algumas décadas de emprego dessa ornamentação tomada de empréstimo e desprovida de significado, voltaram-se contra todas as banalidades pré-moldadas e exigiram materiais honestos e a mais rigorosa harmonia entre material e forma.

Como já foi indicado, era uma tendência moral e moralizante. Ainda a encontramos expressa no conselho dado, em 1919, aos estudantes de arquitetura pelo arquiteto dinamarquês P. V. Jensen-Klint.

"Cultivem o tijolo, o vermelho ou o amarelo-claro. Utilizem todas as suas possibilidades. Usem pouco ou nenhum tijolo em formas adaptadas. Não copiem detalhes, sejam eles gregos ou góticos. Façam-nos vocês mesmos a partir do material. Não acreditem que o estuque é um material de construção e sorriam quando o seu professor disser que 'a tinta também é um material'. Se tiverem a oportunidade de construir uma casa de granito, lem-

Torre de água, Brønshøj, Dinamarca. Arquiteto: Ib Lunding, do Departamento de Arquitetura da Cidade em Copenhague.

brem-se de que ele é uma pedra preciosa, e se o concreto armado se tornar um material de construção, não descansem enquanto um novo estilo não for encontrado. Pois o estilo é criado pelo material, pelo motivo, pelo tempo e pelo homem."

O concreto armado tornou-se um material de construção, primeiro para as grandes pontes com poderosos vãos em arco. Originalmente, essas estruturas impressionantes foram vistas apenas como padrões cinzentos no seio da natureza verdejante, da mesma categoria que as rodovias e outras obras de engenharia. O seu efeito textural, difícil de ser percebido a distância, não causava nenhuma impressão. Desse modo, os grandes silos para cereais que se erguem a grande altura sobre as planícies de Nebrasca são aceitos quase como parte da paisagem. Mas, quando estruturas de cimento são colocadas junto de edifícios "reais",

Plano de detalhe da torre de água de Brønshøj, mostrando o caráter textural do concreto moldado com tábuas rústicas.

torna-se imediatamente evidente que material medíocre é o cimento, e muitas tentativas foram feitas nos últimos 10 anos para produzir edifícios de concreto de uma qualidade textural mais atraente.

Frank Lloyd Wright foi um dos primeiros a projetar casas construídas com elementos de concreto armado. Em vez de fazê-las planas, deu-lhes relevo profundo. Talvez isso se deva à sua predileção pelo ornamento, mas, de qualquer maneira, ajudou a melhorar a qualidade um tanto amorfa do concreto armado.

Como regra geral, pode-se dizer que os materiais com efeitos texturais pobres melhoram muito com o relevo profundo, ao passo que os materiais de alta qualidade podem suportar uma superfície lisa e uniforme, e parecem, de fato, oferecer todas as vantagens quando empregados sem relevo nem ornamento. Aliás, é

No alto, bloco residencial de Le Corbusier em Marselha. Note-se a superfície característica dos pilares de concreto cinzento moldados com tábuas rústicas.

difícil diferençar inteiramente as impressões de textura e cor. O concreto branco, por exemplo, é mais atraente do que o cinza, mas tira-se maior proveito dele quando lhe é dado um caráter estrutural, ou usando moldes em relevo ou vazando-o em fôrmas de tábuas rústicas. Uma das estruturas de concreto mais bonitas da Dinamarca é uma torre de água nos arredores de Copenhague, projetada em 1928, por Ib Lunding. As paredes foram moldadas em fôrmas feitas com tábuas rústicas de um metro de comprimento e as marcas que elas deixaram no cimento produziram um tênue relevo em toda a estrutura, enquanto as molduras horizontais, de um metro em um metro de distância, escondem as juntas. Quando a torre é vista de longe, veem-se apenas os gigantescos pilares salientes, mas, quando nos aproximamos, a superfície de cimento cinza ganha vida. Na base da torre, as marcas das fôrmas foram alisadas – provavelmente com a ideia de torná-la mais aprimorada. Porém, o resultado é que a base parece uma coisa morta em comparação com a estrutura cheia de vitalidade que lhe fica acima.

As primeiras casas de concreto de Le Corbusier eram, do ponto de vista textural, bastante pobres, sobretudo aquelas que tinham de ser construídas a baixo custo. No início, ele pintava as superfícies de concreto, mas seus edifícios subsequentes devem seu efeito menos à cor do que à robusta qualidade textural. Isso é particularmente verdadeiro no caso dos gigantescos pilotis que sustentam o bloco residencial de Marselha. Sua superfície de concreto tem um padrão deixado pelas tábuas dos moldes. O teto da igreja em Ronchamp também é de concreto não pintado com um caráter tosco idêntico, em flagrante contraste com as paredes rebocadas em branco.

A frase de Thorvaldsen que diz que os revestimentos estão mortos é, portanto, coerente com a experiência acumulada em arquitetura. Os revestimentos podem ser tremendamente insípidos quando não lhes é dado um padrão superficial interessante ou não se lhes aplica uma camada de tinta. E quanto ao mármore? Será ressurreição, como se pretendeu? É verdade que uma forma que em cimento é crua e sem vida pode ser vital e bela num material cristalino. Mas isso depende inteiramente do modo como a pedra é tratada, que espécie de superfície ela possui.

Vista do terraço do telhado do bloco de Le Corbusier em Marselha.

    Até mesmo uma pedra dura e não porosa pode ser empregada de tal maneira que não proporcionará nenhuma ideia visual de forma. O mármore pode ser talhado de modo que sua superfície pareça açúcar. A cintilação e a luz dos cristais individuais penetra um pouco abaixo da superfície, o que torna impossível obter uma impressão exata da forma. E, em arquitetura, é nitidamente desagradável quando a pedra, que deve, em princípio, formar os elementos firmes de sustentação, parece insegura e quase intangível.
    Isso não pretende ser uma condenação geral do que chamei uma superfície que parece açúcar. Todos gostamos de uma paisagem de blocos de gelo fulgurantemente brancos com profundas sombras azuladas, compostos inteiramente de cintilantes cristais

EFEITOS TEXTURAIS **181**

Gelo acumulado no estreito de Øresund entre a Suécia e a Dinamarca. Sob o gelo há calhaus, pedras que foram alisadas pela ação da água.

em combinação tão solta que os raios do sol penetram e criam estranhos reflexos verdes por trás das cortinas de pingentes cristalinos de gelo. Os palácios dos contos de fadas podem ser construídos de gelo mas, para os edifícios de nosso mundo mais prosaico, são necessários efeitos texturais firmes – do tipo do que é encontrado *sob* o gelo, nas pedras alisadas pela ação da água, as quais são tão duradouras quanto a miragem da paisagem de gelo é transitória.

Os calhaus, que durante milênios se atritaram uns contra os outros, são idealmente lisos, polidos. São firmes e agradáveis ao tato, lisos e bem definidos na forma, inteiramente precisos no efeito textural. Lajes de granito que foram desgastadas e polidas pelos pés de gerações de transeuntes têm o mesmo caráter. Ao se polir uma pedra, pode-se fazer com que ela brilhe ainda mais, porém a superfície torna-se menos precisa. O arquiteto dinamarquês Carl Petersen explicou por que isso acontece. Forma-se uma camada exterior, semelhante ao vidro, na qual penetra a maior parte da luz, até ser sustada um pouco abaixo da superfície pelas partículas da pedra que formam uma camada mais irregular. Em outras palavras, são vistas duas camadas ao mesmo tempo: uma exterior, refletora, e uma interior, mais opaca. Isso produz o mesmo efeito duplo que observamos numa foto batida quando a máquina se moveu. E esse efeito é também encontrado na madeira polida. Todos nós já vimos tampos de mesa tão polidos que parecem ter sido molhados ou estarem cobertos por vidro. Não é o fato de a superfície parecer um espelho que é desagradável – o metal não produz um efeito duplo, por mais polido que esteja.

Em várias épocas e nas mais diversas civilizações têm sido desenvolvidos esforços para criar superfícies firmes e perfeitamente lisas. Na Antiguidade, os egípcios e os gregos produziram esculturas impecavelmente polidas de beleza insuperável. E, em países distantes onde as belas tradições antigas são mantidas, podemos encontrar até os artigos mais utilitários de porcelana, louça, madeira ou laca, com textura tão lisa e precisa quanto a dos calhaus do mar. Essa foi a minha experiência pessoal numa pequena cidade chinesa décadas atrás. Mas quando a civilização moderna penetra nesses países, coisas pretensiosas, ordinárias e sem qualquer valor surgem frequentemente em sua esteira. São vistas em lojas de bugigangas baratas, sob luzes elétricas ofuscantes: espelhos com molduras espaventosas, caixas de rádios refulgentemente envernizadas, um fantástico bricabraque etc. Como esses objetos são falsos e feios, comparados com os artigos simples e genuínos da loja ao lado!

Isso não é, em absoluto, culpa da máquina, como tantas vezes se afirma. Pelo contrário, as máquinas ajudaram o homem a produzir formas e superfícies mais próximas da perfeição do que qualquer coisa encontrada na natureza ou produzida manualmente. É o caso, por exemplo, das bolas de aço dos rolamentos esféricos. Le Corbusier exaltou esses produtos matematicamente perfeitos, embora ele próprio não os empregasse. O seu forte é mais o esboço inspirado e inspirador do que a coisa definitiva precisamente elaborada.

Mas outros modernistas trabalham com formas frias e lisas – Mies van der Rohe, por exemplo, e Marcel Breuer – em interiores que são, por vezes, tão estéreis quanto salas de cirurgia. Em Berlim, entre as duas guerras, os arquitetos Luckhardt e Anker construíram casas com fachadas inteiramente de vidro e aço cromado.

Um edifício de qualidades estruturais elegantes e interessantes foi desenhado, em 1937, pelo arquiteto dinamarquês Arne Jacobsen para uma firma de tintas em Copenhague. É um edifício de concreto armado com paredes revestidas. As paredes externas dos dois andares inferiores estão cobertas por chapa de ferro, gravadas a jato de areia e pintadas numa cor opaca, de modo que parecem feitas de uma só peça. As paredes dos andares superiores são revestidas com ladrilho cinza elegantemente lustrado. Assim, a mesma fachada tem quatro elementos em sua superfície: ferro pintado, ladrilho vitrificado, metal cromado e vidro. Embora diferentes, esses elementos combinam-se muito bem. Todos os quatro revestimentos são frios e precisos. O edifício de Jacobsen apresenta a mesma concepção de arquitetura urbana demonstrada nos prédios da Regent Street, em Londres, com suas fachadas uniformemente pintadas.

Depois da Segunda Guerra Mundial, os arquitetos americanos começaram a empregar os mesmos efeitos texturais com que seus colegas europeus tinham trabalhado entre as duas guerras. Nas cidades americanas surgiram, um atrás do outro, edifícios feitos de aço e vidro. E, da América, esses efeitos texturais retornaram à Europa como sendo o mais recente estilo na arquitetura americana.

Os arquitetos experimentais que cultivavam os materiais lisos também trabalhavam com os toscos, como a madeira em seu estado natural, pedra rudimentarmente talhada e estruturas a descoberto. Eles estavam impacientes por tentar todas as possibilidades dos efeitos texturais impressionantes, dos mais regulares e elegantes aos mais ásperos e rústicos.

Na *Staatliches Bauhaus*, 1919 (depois continuada em *Bauhaus Dessau*), Walter Gropius desenvolveu uma escola de arquitetura e *design* modernos, onde foram introduzidos novos métodos a fim de treinar os sentidos num grau de percepção e sensibilidade superior ao de qualquer escola comum. A *Bauhaus* desejava evitar o pensamento arquitetural convencional e libertar a

184 ARQUITETURA VIVENCIADA

Walter Gropius: Edifícios para a Bauhaus, Dessau. Projetado em 1925. Os efeitos texturais produzidos pela luz amaciam as paredes e as grandes áreas de vidro eram uma novidade na época.

capacidade criativa de seus alunos. Em vez de ouvirem aulas sobre métodos tradicionais de emprego de materiais, eles deviam aprender por si mesmos, através de seus próprios experimentos. Registrando suas impressões sobre os vários materiais com que trabalhavam, os estudantes reuniram um compêndio de informações valiosas para uso futuro. A ênfase incidia não apenas na aparência das superfícies, mas, sobretudo, no sentimento que elas suscitavam. O sentido tátil era treinado em experimentos com texturas sistematicamente organizadas de acordo com o seu grau de maior ou menor aspereza. Correndo repetidas vezes os dedos pelos materiais, os estudantes estavam finalmente aptos a sentir uma espécie de escala musical de valores texturais. Os materiais usados eram a madeira tratada de várias maneiras, uma variedade de produtos têxteis e papel com diferentes relevos.

A escola afirmava – sem dúvida, com razão – que o europeu civilizado perdera um pouco da sensibilidade do homem primitivo em relação às superfícies texturais e acreditava que, pelo treino desse sentido, dessa percepção, podiam ser lançados os alicerces para a produção de algo de elevada qualidade textural.

Os alunos da *Bauhaus* eram inspirados pelos experimentos dos pintores de seu tempo com composições que incluíam pedaços de madeira, papel e pano. Mas poderiam ter encontrado a mesma inspiração em sua própria arte. Antes da *Bauhaus*, a arquitetura tinha procurado a renovação através de interessantes combinações de materiais, tanto naturais quanto artificiais. Durante milhares de anos, o homem trabalhara com madeira em todas as suas formas, desde toras em estado natural até tábuas aplainadas e polidas, e tirara proveito de suas muitas variedades de cor e estrutura orgânica em combinação com numerosas técnicas.

Na antiga cadeira inglesa de madeira de nogueira, na página seguinte, de 1700 aproximadamente, a estrutura orgânica da madeira tornou-se, de algum modo, solidária e identificada com o formato da peça. O fabricante da cadeira utilizou tão habilidosamente o padrão de veios em seu desenho que ele forma um ornamento simétrico no assento em formato de sela e torna o braço primorosamente modelado ainda mais vigoroso e natural. O mesmo emprego magistral da madeira é observado, por vezes, na arquitetura. Existem velhas casas de meia madeira em que cada viga ou trave parece ter sido cuidadosamente selecionada para o lugar específico onde está sendo utilizada; as peças retas estão todas colocadas verticalmente, como perfis, e as mais irregulares são usadas como cachorros ou contrafileiras. Mas tais edifícios são exceções. Usualmente existe um certo contraste entre o padrão de veios orgânicos e a geometria da carpintaria.

Quando a madeira está exposta ao vento e às intempéries, o seu padrão de veios destaca-se mais claramente. A medula na madeira desfaz-se de modo que o padrão fica em relevo. Ao mesmo tempo, a madeira muda de cor. As espécies amarelas, resinosas, tornam-se cinza prateado. São como pessoas idosas cujo rosto enrugado e curtido pelo tempo tem muito mais expressão do que

Detalhe de cadeira inglesa em madeira de nogueira, c. 1700.

A. C. Schweinfurth: Igreja Unitária, Berkeley, Califórnia. Detalhes que mostram os efeitos texturais. *Em cima*, tacos de parede vistos atrás de galhos de uma vistária. *Embaixo*, montante que consiste no tronco de uma sequoia ainda coberto com sua casca frouxa e macia.

os rostos jovens. Nos países onde existem muitas casas antigas de madeira, a beleza especial da madeira alterada pela exposição ao tempo torna-se muito evidente. Nas casas de campo inglesas construídas no século passado, o carvalho desgastado pelo clima era combinado muito eficazmente com pedra ou tijolo vermelho. E, no mesmo século, nos Estados Unidos, H. H. Richardson, em sua busca de materiais interessantes, usou tacos de madeira como revestimento de parede, o que também foi feito por McKim, Meade e White nas paredes de casas de campo vastas e românticas. Uma geração depois, esses efeitos texturais estavam novamente em moda. B. R. Maybeck construiu casas de madeira para a Universidade da Califórnia e seu bairro, as quais se harmoniza-

Detalhe de escada em residência particular, construída por Greene & Greene na *Piedmont Avenue*, Berkeley, Califórnia. Todo o madeiramento é de mogno maciço num encantador tom dourado.

vam naturalmente com a luxuriante vegetação das encostas circundantes. Próximo às casas de Maybeck, um outro americano – A. C. Schweinfurth – edificou uma igreja unitária para a qual usou os troncos crus de sequoia como montantes e tacos no revestimento das paredes. A casca espessa e frouxa dos troncos forma um vigoroso contraste com a superfície mais lisa dos tacos. A firma de arquitetura de Greene & Greene também trabalhou com materiais mais rústicos. Eles construíram casas de campo com paredes externas de tijolos vitrificados e torcidos, e com cachorros e mísulas de madeira maciça que lembram vagamente a arquitetura japonesa. Os interiores eram tão elegantes quanto os exteriores eram rústicos. Num deles, os arquitetos empregaram mogno dourado – não um verniz, mas a madeira maciça –, blocos e travejamentos inteiros dele, boleados e polidos, mas não perfilados. O madeiramento é unido por tarugos e cavilhas visíveis, de modo que a construção fica exposta e a estrutura orgânica de cada peça de madeira é vista claramente. Nessa casa, o madeiramento é como um mobiliário refinado, belo de ver e agradável de tocar.

Os materiais são julgados não só por sua aparência superficial, mas também de acordo com sua dureza e condutividade térmica. Aqueles que podem ficar muito frios ou muito quentes são igualmente desagradáveis. A madeira é um material atraente porque nunca apresenta uma temperatura muito diferente da nossa.

Nos jardins japoneses existem ladrilhos e alpondras sobre os quais se deve caminhar com tamancos de madeira. Os japoneses descalçam-nos quando entram em suas casas, onde os pisos estão cobertos por esteiras e tudo é feito de madeira ou papel e outros materiais agradáveis ao tato. As colunas e ombreiras de porta têm muito provavelmente a forma natural de troncos ou ramos de árvore que foram descascados e delicadamente torneados, e o re-

Alvenaria medieval de grandes tijolos.

Alvenaria moderna de tijolo amarelo.
Arquiteto: Knud Hansen.

Alvenaria medieval, catedral de Roskilde, Dinamarca.

Alvenaria do século XVIII. Capela de Frederico V na catedral de Roskilde.

vestimento da parede adapta-se a todos os seus contornos. Existem todas as espécies de materiais trançados, desde as mais requintadas cestas até as aparas trançadas e extensas como teias. Em comparação com a casa japonesa projetada com tanta sensibilidade, muitos dos nossos edifícios modernos são surpreendentemente toscos. Podem ter algumas reminiscências japonesas e ser construídos com os mesmos materiais, mas não só os materiais externos se insinuam no piso interno, na forma da pedra rusticamente talhada, como também as paredes interiores apresentam geralmente um caráter sumamente rústico, como muralhas ciclópicas de granito nu ou paredes de tijolo duro com juntas recortadas. Onde os japoneses procuram unir os vários materiais orgânicos, o arquiteto ocidental parece, frequentemente, desintegrar, desfazer a unidade e criar efeitos contrastantes grosseiros.

Passando agora à alvenaria, também ela tem seus problemas. É possível construir uma casa de pedras que foram tão precisamente talhadas que não necessitam de argamassa nem de nenhum outro material aglutinante entre elas, pois assentam simplesmente umas sobre as outras, mantendo-se unidas graças ao seu próprio peso. Assim, as colunas de templos gregos eram construídas de blocos de pedra ou mármore sobrepostos, sem qualquer aglutinante. E ainda hoje isso é feito quando se deseja obter um efeito

Alvar Aalto: *Baker House* no M.I.T. Note-se o trabalho característico de alvenaria.

textural perfeitamente homogêneo, como no caso das colunas da fachada do museu de arte de Faaborg, na Dinamarca. Mas a maior parte do trabalho de alvenaria é uma combinação de dois materiais – aliás, dois materiais muito dessemelhantes – como tijolo cozido e argamassa feita de cal misturada com areia e água. Como existem muitas espécies de tijolo e muitas espécies de argamassa que podem ser combinadas, e como o resultado final também depende do ligamento e do padrão de juntura, compreende-se facilmente que haja um número infinito de possibilidades. Diferentes civilizações e diferentes períodos são caracterizados por tipos particulares de alvenaria de tijolo, mas todos eles se compõem dos mesmos elementos simples: tijolo e argamassa, sendo o tijolo sempre considerado o verdadeiro material de construção e a argamassa, simplesmente um aglutinante. Portanto, o tijolo não só deve formar a maior percentagem da superfície da parede, mas o seu material e cor devem predominar, deve também parecer mais áspero e mais forte do que o aglutinante. Se for utilizado um tijolo fino e macio, a argamassa deve ser igualmente fina. Os arquitetos do Ressurgimento Grego sabiam disso. Embora preferissem paredes de pedra, sempre que usaram tijolo foi do tipo pequeno e bem formado, macio mas não excessivamente duro, e assente com juntas muito finas de argamassa. Isso é claramente percebido quando comparamos duas ilustrações da catedral de Roskilde, onde estão sepultados os reis dinamarqueses, uma delas mostrando parte da parede da nave medieval e a outra, a alvenaria da capela de Frederico V, no final do século XVIII. Uma alvenaria muito semelhante é encontrada nos edifícios setecentistas de outros países. As paredes das fachadas da Louisburg Square, em Boston, por exemplo, são quase idênticas às paredes da capela de Frederico V.

Quando os custos de construção permitem, os arquitetos preferem geralmente o tijolo feito à mão, o qual, dentro dos limites da técnica rígida, incute vida e caráter às paredes. Pode ser obtido em muitas variedades, desde o tijolo duro usado por Aalto, com juntas profundamente rebaixadas, para as paredes da *Baker House* no M.I.T., até o tijolo macio e de cor clara que foi usado pelo arquiteto dinamarquês Arne Jacobsen na grande maioria de seus edifícios mais recentes.

8. A LUZ DO DIA EM ARQUITETURA

A luz do dia altera-se constantemente. Os outros elementos de arquitetura que consideramos podem ser exatamente determinados. O arquiteto pode fixar dimensões de sólidos e cavidades, pode estabelecer a orientação de seu edifício, especificar os materiais e o modo como estes serão tratados; pode descrever precisamente as quantidades e qualidades que deseja em seu edifício, antes de ser colocada a primeira pedra. Ele só não pode controlar a luz do dia. Ela altera-se da manhã para a tarde, de dia para dia, em intensidade e cor. Como é possível trabalhar com um fator tão caprichoso? Como esse fator pode ser utilizado artisticamente?

Em primeiro lugar, as variações na quantidade de luz podem ser ignoradas, uma vez que, embora possam ser medidas com a ajuda de instrumentos, dificilmente nos apercebemos delas. A adaptabilidade do olho humano é surpreendentemente grande. A luz brilhante do sol pode ser 250.000 vezes mais intensa do que a luz da lua e, no entanto, podemos ver as mesmas formas em pleno dia ou iluminadas apenas pelo luar. A quantidade de luz refletida por uma superfície branca no inverno é inferior à refletida por uma superfície preta de mesmo tamanho no verão, mas, ainda assim, vemos o branco como branco e o preto como preto. E podemos distinguir claramente uma letra preta sobre um fundo branco.

A luz é de importância decisiva para sentirmos a arquitetura. A mesma sala pode ser organizada para dar diferentes impressões

A ilustração acima mostra o recinto do mercado em Cadillac.

espaciais mediante o simples expediente de mudar as dimensões e a localização de suas aberturas. Transferir uma janela do centro para uma ponta de uma parede transformará profundamente todo o caráter da sala.

Para não nos perdermos no grande número de possibilidades, vamos nos limitar aqui a três tipos: a sala aberta à claridade, a que recebe luz do alto e, a mais típica de todas, a sala em que a luz penetra por um lado.

Podemos encontrar, em muitos períodos, exemplos de sala aberta com a luz vindo de todos os lados, especialmente em países de clima quente. Esse tipo de cômodo consiste simplesmente num telhado sustentado por colunas para proteção contra o sol escaldante. Para exemplo, escolhi um mercado coberto na cidade de Cadillac, perto de Bordéus, na França meridional. Esse mercado tem um teto muito alto, muito mais alto do que as casas que circundam a praça onde ele se encontra. O recinto é acessível pelos quatro lados e é muito luminoso, cheio de reflexos do calçamento amarelo de fora. No entanto, a luz no interior do recinto é diferente da de fora. Quando os artigos estão expostos perto das arcadas, eles recebem considerável soma de luz direta num lado, enquanto o outro fica na sombra. Mas o lado que está na sombra nunca é realmente escuro, pois o recinto é todo ele luminoso demais para que isso ocorra. Em suma, a luz num dia nublado está mais concentrada no interior do recinto do que fora e é muito mais brilhante do que na maioria dos recintos fechados. Em várias épocas, arquitetos tentaram criar salas fechadas com esse tipo de iluminação. Existem castelos medievais com amplas janelas em ambas as paredes laterais e, em numerosas mansões, há um vasto salão que atravessa toda a casa de uma parede externa à outra com janelas de ambos os lados. Saindo de um dos cômodos menores que tem janelas apenas em uma parede e entrando nesse salão imenso inundado de luz, tem-se uma sensação de alívio, causada por toda essa luminosidade e aeração.

Hoje, quando dispomos de melhores recursos do que nunca para criar esse tipo de sala, raramente as vemos. Existe, porém, um exemplo excelente na casa que Philip C. Johnson construiu para si mesmo em New Canaan, Connecticut. A casa consiste numa ampla célula – um recinto retangular duas vezes mais comprido do que largo, com paredes de vidro em todas as quatro faces e um telhado sólido. O banheiro é composto por um cilindro de tijolo que vai do piso ao teto e situa-se no centro do recinto, ao passo que a cozinha consiste simplesmente de vários armários baixos, de madeira, fixados no piso de ladrilho. Pela foto da casa é difícil imaginar que uma sensação de interior possa ser criada em tal caixa transparente de vidro. Mas, do lado de dentro, o efeito que se sente é muito diverso. Trata-se definitivamente de um interior. O piso e o teto ajudam a criar uma sensação de interior e os produtos têxteis e o agrupamento do mobiliário aumentam a atmosfera de intimidade. Do teto ao chão, nas paredes de vidro, há cortinas ou persianas brancas que podem ser reguladas para controlar a entrada de luz e impedir os olhares curiosos. Isso também ajuda a reforçar a sensação de interior. O sistema japonês de

O *living* na casa construída para sua própria residência pelo arquiteto Philip C. Johnson, New Canaan, Connecticut.

paredes corrediças foi transferido de uma casa de madeira e papel para uma de aço e vidro.

Do lado de fora, a luz filtra-se através da folhagem de árvores espalhadas pelo terreno circundante. *Sob* suas ramagens, alonga-se a vista e sente-se – tal como numa das *villas* de Palladio – que há aí uma base firme, um plano cuidadosamente concebido, a partir do qual se pode observar toda a extensão dos campos em volta, vistos através dos retângulos da estrutura de aço. O principal grupo de mobiliário, colocado sobre um grande tapete, está muito bem situado numa zona entre o centro da sala e a parede sul. Aí, onde há uma luz excelente, encontra-se também uma grande peça de escultura e um cavalete com uma pintura moderna.

Antes de prosseguir, seria bom explicar o que entendo por "luz excelente". Isso é necessário porque para a maioria das pessoas uma boa luz significa apenas muita luz. E, com muita frequência, verificamos que tal noção é inconsequente, já que a *quantidade* de luz está longe de ser tão importante quanto a sua *qualidade*.

Imaginemos estar olhando para um ângulo projetado pelo encontro de dois planos brancos. Se os dois planos estiverem uniformemente iluminados por fontes que podem ser controladas, a luz poderá ser regulada de tal modo que os dois lados apresentem iluminação igual. Quando isso acontece, nossos olhos já não podem mais observar a aresta do ângulo. Talvez ainda a reconheçamos, em virtude do caráter estereoscópico de nossa visão ou porque podemos ver onde os dois planos cortam outros planos. Mas teremos perdido um meio essencial de ver que *há* uma aresta. De nada adianta aumentar a luz, se esta for aumentada igualmente de ambos os lados. Porém, se a luz for reduzida em um dos lados para que haja uma diferença nítida na iluminação dos dois planos, a aresta irá se destacar claramente, mesmo que a intensidade total da luz seja agora inferior.

Podemos, então, depreender facilmente que a *luz frontal* é, de um modo geral, uma luz pobre. Quando a luz incide sobre um relevo quase em ângulo reto, há um mínimo de sombra que tem, portanto, efeito plástico. O efeito textural também é medíocre, simplesmente porque a percepção da textura depende de diferenças minúsculas no relevo. Se o objeto for deslocado da luz frontal para um lugar onde a luz lhe incida lateralmente, será possível encontrar um ponto que propicie uma impressão excelente de relevo e textura. Um bom fotógrafo experimenta várias possibilidades até encontrar exatamente a luz correta para o seu modelo. Se as partes iluminadas tiverem luz excessiva, a forma desse lado será morta e se as partes que estão na sombra forem escuras demais, nenhuma forma será vista. Portanto, ele escolhe uma luz que proporcione muitas variações, desde a luz intensa mais brilhante até a sombra mais profunda, que revelam a verdadeira plasticidade de cada parte redonda. Ele dispõe uma quantidade adequada de luz refletida entre as sombras a fim de também aí obter relevo. Quando finalmente *ajustou* a luz para conseguir uma imagem completamente plástica de seu modelo e uma descrição acurada de sua textura, sem pontos indefinidos, diz que sua imagem está bem iluminada.

Ed. Degas: *Dançarinas*. Mostrando a magia especial das luzes de ribalta.

A qualidade da luz é muito mais importante do que geralmente se reconhece. Aquelas pessoas que fazem trabalhos delicados, como bordados, fatigam-se depressa se a luz for sofrível e, muitas vezes, tentam – em vão – remediar esse problema, aumentando a intensidade da luz em vez da qualidade.

A sala de concertos em Gothemburg, Suécia, tem um longo *foyer* público no segundo andar com uma janela que ocupa quase todo o comprimento da parede lateral. O salão está pintado em cores claras e há abundância de luz refletida das paredes e do teto. Numa extremidade, a parede está inteiramente coberta por uma tapeçaria colorida que recebe luz lateral proveniente da janela à esquerda. Essa localização faz pleno jus ao desenho, textura e cores da bela tapeçaria. O fato de não estar uniformemente iluminada em toda a superfície é irrelevante, já que não se pretende que a tapeçaria seja vista como uma obra de arte isolada, mas sim como parte integrante do salão. Se ela estivesse pendurada numa parede com luz frontal, seria impossível, de fato, ver que o desenho foi bordado.

As antigas luzes de ribalta num palco de teatro favoreciam o vestuário e o cenário, ao passo que os efeitos luminosos mais ricos do palco moderno, frequentemente, acabam com toda a beleza. Antigamente, a luz que incidia sobre os atores vinha de baixo, o que, de fato, não era bom porque estamos habituados à luz vinda de cima. Era um mundo às avessas, com as partes que usualmente ficam na sombra banhadas de luz, e as que são usualmente iluminadas mergulhadas na sombra. Todos conhecemos esses efeitos luminosos nas telas de Degas e Toulouse-Lautrec, em que a luz incide na parte inferior do nariz e do queixo. Essa espécie de iluminação tornou-se uma convenção no teatro, e quando as luzes da ribalta eram acesas, criavam imediatamente uma atmosfera de encantamento e irrealidade que é o próprio mundo do palco. Essas luzes realmente produziam sombras, de modo que os efeitos texturais não fraudavam o público.

No teatro moderno, por outro lado, os atores principais são, geralmente, tão profusamente banhados pela luz de *spotlights* que é perfeitamente lícito pensar estar sendo realizado o experimento, acima mencionado, com dois lados igualmente iluminados de um ângulo saliente. Os rostos dos atores aparecem como manchas de luz em que todas as feições, todos os traços fisionômicos, foram apagados. Em semelhante iluminação até os materiais mais ricos parecem lisos e vulgares. A iluminação do palco moderno prova de maneira conclusiva que a quantidade de luz não é o que importa. O que é mais importante é o modo como a luz incide.

Após essa longa digressão, deve ter ficado claro que existem na casa de Philip Johnson lugares admiravelmente adequados para a exposição de obras de arte – com uma igual quantidade de luz penetrando de dois lados – e outros que são muito menos apropriados. Isso foi considerado na decoração e disposição do mobiliário e, como resultado, sentamo-nos a uma boa luz e vemos as obras de arte sob as condições mais favoráveis. E, ao mesmo tempo, podemos desfrutar da vista exterior de todos os lados.

A antítese de tal casa, que é fechada no topo e aberta dos lados, é o recinto fechado de todos os lados e aberto no cimo. A primeira oferece uma variedade de efeitos luminosos em diferentes partes da sala, enquanto o segundo pode ser planejado de modo que a luz seja igualmente boa em todas as suas partes.

O mais belo exemplo de um interior completamente fechado e iluminado do alto é o Panteão em Roma. Nenhuma reprodução pode fazer-lhe justiça, pois é o imenso espaço arquitetonicamente fechado à nossa volta que causa a mais profunda impressão,

Perfil longitudinal do Panteão, Roma. Reproduzido de Desgodetz.

não qualquer vista parcial do monumento. Ao entrar no Panteão, vindo da emaranhada teia de ruas e ruelas vizinhas, sentimos uma perfeita expressão de paz e harmonia. A escala normal das casas por que acabamos de passar faz com que o peristilo, em comparação, pareça esmagadoramente alto, com suas gigantescas colunas desaparecendo na penumbra sob o telhado. Quando entramos na rotunda, apercebemo-nos imediatamente de uma luz moderada proveniente de uma fonte no topo, três vezes mais alto que o teto do peristilo. A cúpula não parece limitar o espaço, mas, pelo contrário, ampliá-lo e elevá-lo ainda mais.

A rotunda é tão grande e espaçosa quanto uma *piazza* romana. Em nenhum ponto as paredes se projetam para diante; a grande massa de alvenaria forma um círculo perfeito em torno do enorme recinto. A cúpula é um hemisfério situado tão alto que, se continuássemos descrevendo a esfera inteira, sua parte inferior tocaria o solo. Em outras palavras, a altura do cilindro da parede é igual ao raio da cúpula e a altura do recinto é igual à sua largura e extensão. Essa harmonia de forma corresponde a algo grandioso e ideal na execução do edifício e, sobretudo, em sua iluminação. A abertura circular no ápice constitui a única conexão com o mundo exterior – não com o mundo ruidoso e displicente das ruas, mas com a abóbada celeste que se lhe sobrepõe. Quando o sol não penetra num cilindro oblíquo de raios, a luz é finamente difusa porque provém de uma altura muito grande. Mas toda ela incide na mesma direção, uma vez que provém de uma única fonte e produz sombras reais. O piso, magnificamente pavimentado num padrão de quadrados e círculos de mármore, recebe a maior qualidade da luz e boa parte dela é refletida, fazendo brilhar até os pontos mais escuros, de modo que não existem realmente sombras negras em parte alguma. A parede recua e tabernáculos, com suas colunas e cornijas coríntias, recebem luz suficiente para realçar as formas arquitetônicas em plena plasticidade. A magnificante rotunda do Panteão foi copiada várias vezes em outras dimensões. Mas isso subverte todo o equilíbrio e harmonia do recinto, especialmente se o tamanho da abertura para a luz também for alterado ou se aberturas adicionais forem feitas nas paredes.

Também é notável ver como o efeito luminoso torna-se diferente quando a mesma seção é empregada num plano fundamental retangular, de modo que a cúpula converte-se numa abóbada cilíndrica com uma abertura oblonga em vez de redonda. Isso pode ser observado na catedral de Copenhague construída durante o ressurgimento grego. Essa catedral tem uma longa nave em abóbada cilíndrica com três aberturas para a luz na abóbada. A proporção entre as dimensões das aberturas para a luz e o piso é aproximadamente a mesma que no Panteão, portanto, a luz não é mais forte. Mas, por alguma razão, o efeito produzido pelas três aberturas é o de um extenso sulco luminoso atravessando toda a nave, em vez de três poças de luz concentrada. As estátuas de Thorvaldsen dos Discípulos, alinhadas junto às paredes, recebem não só luz direta, mas também luz de ambos os lados e o resultado é que todo o interior parece excessivamente iluminado e descaracterizado.

O coro é iluminado por uma quarta abertura no telhado que está escondida dos olhos dos fiéis e, portanto, tem um efeito teatral. Em muitas igrejas, especialmente as modernas, o arquiteto procurou criar um recrudescimento gradual de luz na direção do

Ragnar Östberg: O Salão Azul, Palácio Municipal de Estocolmo. A foto mostra que a alta iluminação lateral propicia uma luz relativamente tênue, mas interessante.

altar-mor. No Museu de Arte de Faaborg, na Dinamarca, um efeito muito rico foi produzido fazendo-se justamente o oposto. Um clímax é criado mediante a alternação de uma sala pequena e tenuemente iluminada com uma outra maior e brilhantemente iluminada. No museu, a primeira sala, com sua vasta claraboia, é tão brilhante quanto a luz do dia. Vista a partir da primeira sala, a outra, octogonal e abobadada, é como um santuário místico. Uma luz tênue filtra-se através da pequena abertura na cúpula, sobre a estátua de pedra preta do fundador, Mads Rasmussen. A impressionante figura volta-se para o espectador e a luz é suficiente para revelar a grande forma da qual o escultor, Kai Nielsen, conservou apenas o essencial. A estátua é vista contra uma parede azul-cobalto, cuja cor é estranhamente intensificada na penumbra da sala. Se esta fosse mais iluminada, o efeito seria muito menos espetacular.

Há muitos exemplos de recintos em que o teto inteiro é uma claraboia. Esse livre influxo de luz natural propicia uma ausência de sombras no interior; as formas perdem sua plasticidade e os efeitos texturais são geralmente medíocres. Isso pode ser visto no Palácio Municipal de Copenhague que tem dois pátios ou saguões internos – um aberto e um coberto com telhado de vidro, o recinto principal do edifício. Embora se pudesse esperar que a luz fosse praticamente a mesma em ambos os locais, existe, na realidade, uma diferença surpreendente. A sala é insípida, sem vida. Quando Ragnar Östberg estava projetando o Palácio Municipal de Estocolmo, visitou o de Nyrop, em Copenhague, e aprendeu algo sobre suas boas e más qualidades. O seu edifício também tem um pátio aberto e um outro coberto, mas, em vez de dar a este último um teto de vidro, Östberg construiu um teto sólido que, em três lados, assenta em faixas de janelas. Desse modo, obteve uma alta iluminação lateral logo abaixo do teto e, embora toda a sala seja mais escura do que a de Nyrop, a iluminação é mais interessante, com menos ausência de sombras e com mais vida. Em Gothenburg, encontramos novamente o Palácio Municipal com um pátio coberto e um aberto. Mas, aqui, o arquiteto, Asplund, preferiu ligar os dois, dando ao primeiro uma parede de vidro orientada para o segundo. Assim, a luz do dia penetra lateralmente nessa sala. Mas como a parede de vidro só podia ter a altura de dois andares, e a própria sala corresponde a três andares altos e muito fundos, Asplund achou necessário suplementar a parede de vidro com uma abertura no telhado. Não é uma claraboia comum, parecendo mais uma seção de telhado em dente de serra, de modo que a luz também aí penetra lateralmente e, é claro, do mesmo lado da luz que entra pela parede de vidro. Esse arranjo propicia uma iluminação muito satisfatória que faz jus ao refinado material usado na construção do edifício.

Entre o método de iluminação empregado no Palácio Municipal de Gothenburg e a sala iluminada unicamente por luz lateral,

E. G. Asplund: Palácio Municipal de Gothenburg, Suécia. A grande janela que dá para o pátio externo. Para evitar sombras duras, as colunas de aço foram revestidas e receberam contornos suaves.

há apenas um pequeno passo. Provavelmente os exemplos mais instrutivos desse tipo de iluminação serão encontrados nas antigas casas holandesas que são únicas no gênero. As condições puramente físicas da terra na Holanda eram tão especiais que levaram a um novo método de construção. Em muitas cidades, as casas foram construídas em aterros. Enquanto em outros países a terra era algo que simplesmente existia, na Holanda as pessoas tiveram, muitas vezes, que a criar. Cada metro quadrado era o resultado de trabalho árduo e dispendioso e, portanto, era necessário usá-la com a mais estrita economia. Antes de a construção poder começar, numerosas estacas tinham de ser cravadas no

A LUZ DO DIA EM ARQUITETURA **205**

E. G. Asplund: Palácio Municipal de Gothenburg. Toda a luz diurna provém da mesma direção, em parte da esquerda através da grande janela mostrada na página anterior, em parte de janelas no teto.

solo para cada parede. O resultado de tudo isso era terrenos limitados e casas densamente construídas e erguidas para o alto, em vez de se estenderem horizontalmente. Em algumas cidades o custo do terreno é literalmente ilustrado pelo fato de que as casas altas se ampliam de baixo para cima, de modo que os andares mais altos se debruçam para fora sobre as ruas. Assim, a casa holandesa típica era uma construção funda, alta, estreita, rematada em empena. Os andares inferiores eram usados para residência, os superiores, para a armazenagem de mercadorias e outros bens, possibilitando uma considerável concentração numa área pequena. A fim de assegurar luz suficiente na área residencial, a parte inferior da fachada principal apresentava várias e amplas janelas. As grossas paredes laterais eram frequentemente unidas às de casas vizinhas, de modo que não podia haver aberturas nelas. Toda a luz tinha de vir das janelas da frente e dos fundos. Estruturalmente, isso era ideal porque as paredes laterais sustentavam as vigas dos andares e do telhado, ao passo que as empenas sustentavam apenas elas próprias. A frente consistia numa parede de tijolo bastante delgada na parte superior, sendo de madeira e vidro na parte inferior. O vidro era um material tão dispendioso e difícil de ser obtido que a parte inferior – e maior – das janelas era equipada unicamente com postigos de madeira, enquanto a parte superior tinha painéis fixos de vidro com caixilhos de chumbo. Quando havia bom tempo, os postigos podiam manter-se abertos para fora, de modo que os moradores pudessem ver a rua e a luz entrar. Mas no mau tempo a luz que penetrava através dos pequenos painéis superiores tinha de bastar. Mais tarde, a metade inferior das janelas também foi envidraçada, mas os postigos foram conservados e as novas vidraças, ajustadas em batentes com dobradiças que abriam para dentro. Por vezes, a parte superior também era equipada com postigos que abriam para os aposentos. Isso resultava em uma janela de quatro molduras com um postigo para cada moldura, que podia ser aberto ou fechado independentemente a fim de regular a entrada da luz.

É fácil ver a relação entre o problema da escassez de terreno, as casas estreitas e a localização das janelas nas paredes da frente e dos fundos. Também é compreensível que devesse existir considerável espaço para as janelas, a fim de obter suficiente luz para os interiores profundos. Mas nada disso explica por que os holandeses se interessaram muito mais pelas janelas de suas casas e pela regulagem da luz do dia do que os habitantes de qualquer outro país. Depois de terem aperfeiçoado seu sistema de quatro postigos foram ainda mais longe, adicionando cortinas e colgaduras. Pinturas antigas de interiores holandeses mostram que pesadas colgaduras eram usadas, assim como delgadas cortinas transparentes, as quais atenuavam a transição do penumbroso tremó para a abertura iluminada.

Os interiores holandeses devem ter sido muito diferentes dos italianos ou franceses. A explicação provável é que os ricos mer-

Casas do século XVI em Vere, Holanda, mostrando o amplo espaço para as janelas; painéis fixos em cima, postigos de madeira embaixo.

cadores holandeses, que viviam num clima mais agreste, permaneciam em casa mais tempo do que os meridionais e, portanto, tinham mais interesse em mobiliar seus lares do que na forma dos próprios aposentos, tão importante para os italianos, em especial. De qualquer modo, os mercadores holandeses eram bons juízes de mercadorias e materiais, e rechearam suas casas com tapetes luxuosos e porcelanas caras vindas do Oriente, adquiriram móveis pesados e bonitos, e tinham seu vestuário feito dos melhores tecidos. E, como já vimos, é necessário dispor de boa iluminação para desfrutar de efeitos texturais.

É difícil dizer com que frequência o burguês comum usou os postigos. Mas há provas abundantes de que os pintores holandeses do século XVII exploraram ao máximo as vantagens de numerosas possibilidades de iluminação oferecidas pelo método especial de construção holandesa. Os andares inferiores na maioria das casas tinham tetos muito altos. No andar térreo da casa de

Casa de Rembrandt em Amsterdam.

Rembrandt, a altura do piso à viga do teto era de 14 pés (cerca de 4,20 m). Os cômodos com suas paredes rebocadas de branco e amplas janelas podiam ser tão banhados de luz quanto os da maioria das casas modernas de hoje. Mas a luz também podia ser atenuada até uma penumbra misteriosa, ou ser toda concentrada num só ponto, deixando o resto do aposento em semiescuridão. Ninguém empregou esses efeitos com maior talento do que Rembrandt, como suas telas mostram. Elas também evidenciam a riqueza de efeitos texturais, que podiam ser produzidos por esse método especial de iluminação.

Mas é nas pinturas de Jan Vermeer que a iluminação dos interiores holandeses está mais bem documentada. Muitos de seus quadros foram pintados numa sala com janelas de uma parede lateral à outra. Vermeer trabalhou experimentalmente com os problemas da luz natural. Seu cavalete permanecia quase sempre no mesmo lugar, com a luz vindo da esquerda, e seu fundo usual era uma parede branca paralela à superfície do quadro. Em algumas de suas telas, não vemos mais da sala do que essa parede; entretan-

Casa restaurada em Delft, Holanda, com janelas originais; painéis fixos em cima e postigos e janelas de batentes abrindo para dentro, embaixo.

Aposento na casa de Delft mostrada acima. A janela vai até a parede lateral, proporcionando iluminação lateral brilhante e alta. Os postigos estão fechados.

to, temos consciência de toda a sala porque é refletida nos objetos retratados. Apercebemo-nos da luz forte proveniente da esquerda e os reflexos das outras paredes dão luz e cor às sombras, as quais nunca são incolores. Mesmo quando a pintura mostra apenas uma figura contra uma parede iluminada ao fundo, sentimos a sala

Jan Vermeer van Delft:
Interior mostrando
homem e mulher em pé
junto de um clavicórdio.
Palácio de Buckingham.

toda. Num famoso quadro de Vermeer que está no Palácio de Buckingham e retrata duas pessoas junto de um instrumento musical, vemos o seu ateliê tal como se apresentava quando todos os postigos estavam abertos. As janelas são tipicamente holandesas com painéis fixos em cima, batentes e vidros coloridos embaixo. A janela mais ao fundo vai até a parede e a luz que entra por ela produz, nessa parede, sombras acentuadas de móveis e quadros. Elas são atenuadas pela luz refletida e especialmente pela luz que vem das outras janelas. O quadro mostra exatamente como as sombras se aprofundam, não gradualmente mas em etapas, na medida em que cada janela projeta sua própria sombra distintamente delineada. Se tomarmos essa tela como básica e a compararmos com outros quadros de Vermeer, poderemos ver exatamente o que aconteceu quando todas ou parte de uma ou mais janelas eram fechadas. As pinturas constituem estudos tão acurados que é possível determinar exatamente como os postigos estavam dispostos para cada tela. Por exemplo, no Vermeer de Filadélfia, onde a moça pesa

Jan Vermeer: *Moça Pesando Pérolas.* Filadélfia.

pérolas, a luz provém somente da metade superior da janela ao fundo e ainda é mais atenuada pelas cortinas. O quadro na parede projeta uma sombra profunda – e apenas uma sombra. Em outros quadros de Vermeer é a janela do fundo que está fechada. Assim, podemos percorrer todas as suas pinturas e determinar como ele obteve a luz certa para cada quadro.

Pieter de Hooch, contemporâneo de Vermeer, também trabalhou com luz natural, mas em motivos mais complexos. Em suas telas, olhamos frequentemente a partir de um aposento para um outro e de uma luz para uma outra. Mas a forma de cada aposento é clara e simples, e a luz em cada um deles é muito distinta, de modo que não existem zonas ambíguas em sua pintura.

Na Holanda de hoje, janelas com esse sistema único de postigos só podem ser vistas em casas antigas restauradas em sua forma original. Mas tais casas existem de fato (ver as ilustrações das pp. 207-9) e nelas podemos observar as inúmeras possibilidades que o sistema oferecia para regular a luz.

Pieter de Hooch: *Carinho Materno*. Rijks Museum, Amsterdã. Note-se a janela à direita com os postigos inferiores fechados, os superiores abertos que vão até o teto.

Há alguns anos, na Escola de Arquitetura de Copenhague, reconstituímos o antigo controle de iluminação holandês e estudamos os vários efeitos que permitia. Charlottenborg, onde a escola está alojada, é uma típica e vasta mansão holandesa do século XVII. As janelas do segundo andar são duas vezes mais altas do que largas e estão divididas em quatro painéis de igual tamanho. Equipando cada painel com persianas, pudemos regular a luz do dia tal como era feito nas antigas casas holandesas. Usamos as janelas numa das grandes salas quadradas para o nosso experimento, com o qual aprendemos muito. Fechando apenas as metades inferiores, produzimos uma luz mais uniforme em toda a sala; fechando as metades superiores e deixando as inferiores sem persianas, a luz concentrava-se perto das janelas. Estávamos aptos a criar o mais espetacular *chiaroscuro* rembrandtiano e a reproduzir os arranjos luminosos de Vermeer. Quando a classe de desenho livre trabalhou nessa sala, fizemos experimentos com as persianas até encontrarmos a luz que melhor destacava as qualidades plásticas e texturais características do modelo que estava sendo copiado pelos estudantes. Em suma, o velho sistema de postigos holandês ensinou-nos muito sobre os efeitos que o arquiteto pode produzir mediante a utilização habilidosa da luz do dia.

Nas casas venezianas, como já foi mencionado, não é incomum ter aposentos contendo duas janelas separadas, até onde é possível, por um sólido pano de parede. Nos palácios antigos havia frequentemente um profundo salão central atrás de uma *loggia* aberta e, de cada lado dessa sala de verão estavam as salas de inverno com as janelas muito separadas. Desse modo, cada sala tinha uma luz característica que era favorável às pinturas e esculturas. Fora de Veneza e das cidades holandesas, os arquitetos raramente trabalharam com efeitos de luz desse gênero. Porém, alguns exemplos podem ser encontrados.

Em 1910, o arquiteto sueco Elis Benckert (1881-1913) construiu uma *villa* nos arredores de Estocolmo, na qual havia várias janelas dispostas de forma incomum. Hoje, lamentavelmente, a maioria das ideias originais do projeto foi destruída por reformas subsequentes. Benckert estudara a iluminação em antigos edifícios

Interior da casa de Goldoni em Veneza com janela situada de maneira tipicamente veneziana contra a parede lateral.

Interior do castelo de Kronborg, Dinamarca. Exemplo de efeitos luminosos em antigos edifícios com paredes espessas que suscitaram o interesse de Elis Benckert.

suecos com paredes espessas, janelas contra as paredes laterais e profundas faces laterais do vão de cada janela. Ele utilizou a experiência assim acumulada em seu projeto de uma sala de jantar onde o vão da janela chegava até a parede lateral. Isso jogava uma luz fina sobre a grande tapeçaria que estava pendurada nessa parede.

No início, o funcionalismo era mais uma questão de *slogans* do que de soluções definitivas para problemas de *design* e estrutura. Palavras como *livre*, *aberto* e *luz* eram as tônicas do novo estilo. Muitas vezes, porém, o que se procurava era mais a quantidade do que a qualidade da luz. Mas Le Corbusier, que é pintor e escultor, além de arquiteto, projetou desde o início aposentos em que a luz vem de um lado através de janelas que abrangem uma parede inteira. Isso podia dar uma luz tão boa à sala quanto numa antiga casa holandesa, mas as janelas de Le Corbusier, geralmente, não oferecem meios para regular a luz. A sala grande

Elis Benckert: Interior da *villa* Lagerkrantz em Djursholm, perto de Estocolmo. Note-se como o alargamento em ângulo do vão da janela é levado para dentro da sala como um refletor de luz.

dos apartamentos de seu bloco de Marselha lembra as salas da *loggia* num palácio veneziano. O teto é muito alto e a abertura da janela abrange uma parede inteira. Onde as casas antigas tinham uma massa de finos detalhes de pedra, como colunas, arcos e rendilhados, a de Le Corbusier tem reixas de concreto. E ele procurou regular a luz para que uma quantidade comparativamente grande dela penetrasse até o fundo da sala. As paredes laterais estão bem iluminadas e tudo na sala apresenta aquela claridade cristalina que ele tanto admira.

Um dos problemas com que os arquitetos modernos frequentemente se defrontam consiste em obter luz boa e uniforme para muitas partes diferentes de um vasto recinto. O uso de claraboias não é tão eficaz porque a luz vinda dela é difusa demais para produzir sombras necessárias que permitam ver clara e facilmente a forma e a textura. Tampouco somente a luz lateral é satisfatória – embora muito melhor – porque não penetra com profundidade suficiente. A solução foi encontrada no telhado em forma de dentes de serra, isto é, uma série de elevadas lucarnas laterais que produzem uma excelente luz em todas as partes do recinto. O mesmo problema surge no projeto de salas de aula: como fornecer iluminação uniforme a todas as carteiras na sala? Nesse caso, é empregada, geralmente, uma solução errada, acrescentando-se a uma fileira primária de janelas numa parede, uma fileira secundária colocada na parte mais alta da parede oposta. Esse método é usado especialmente na Inglaterra, onde é dada muita ênfase à ventilação cruzada. Mas, sob o ponto de vista da iluminação, isso não é bom. As janelas muito altas numa parede de fundo não fornecem luz direta para essa parede nem para a parte da sala mais próxima dela, que é a mais escura. Por outro lado, criam uma zona média mais à frente, a qual recebe um montante quase igual de luz de ambos os lados, o que, evidentemente, é indesejável. Pesquisas realizadas entre os alunos em tais salas de aula apuraram haver certas carteiras nas quais as crianças – sem serem capazes de explicar por que – não gostam de trabalhar.

Uma luz mais ou menos concentrada – isto é, luz de uma ou mais fontes incidindo na mesma direção – é a melhor para se verem forma e textura. Ao mesmo tempo, esse tipo de iluminação enfatiza o caráter fechado de uma sala. A luz pode, por si só, criar o efeito de espaço fechado. Uma fogueira de acampamento numa noite escura forma uma caverna de luz circunscrita por uma muralha de escuridão. Aqueles que estão no interior do círculo luminoso têm a sensação de que se encontram juntos no mesmo recinto. Portanto, se desejamos criar um efeito de abertura não podemos empregar luz concentrada. No início de sua carreira, Frank Lloyd Wright reconheceu isso. Em suas casas construídas no chamado plano aberto, encontramos paredes e divisórias que não sobem até o teto, mas deixam espaço para aberturas no topo. Isso não só confere uma sensação de abertura ao aposento, mas admite luz extra. De um modo geral, entretanto, os interiores criados por Wright são, muitas vezes, predominantemente escuros, visto que, apesar das grandes janelas, as grutas sobranceiras e as árvores circundantes absorvem muito da luz direta. E, especialmente, os materiais que ele usa aumentam a escuridão. Ele emprega efeitos ásperos e rústicos, pedra rusticada e madeira tos-

A LUZ DO DIA EM ARQUITETURA **217**

Le Corbusier: Igreja em Ronchamps, Haute Saone, França.

ca, assim como paredes nuas e tapetes espessos. Com o passar do tempo todos eles tornam-se escuros. Para os cantos, que de outro modo estariam completamente na sombra, escondendo interessantes efeitos texturais, Wright obtém luz extra através de uma janela baixa e longa, uma vidraça triangular ou alguma outra novidade, que aclara as sombras à semelhança das lâmpadas extras usadas pelos fotógrafos profissionais. E nessa luz lateral o padrão de veios da madeira e as talhas geométricas podem ser claramente vistos. É uma arte superlativamente refinada, empregada com muita deliberação e engenho; mas é perigoso imitá-la. Hoje em dia, um excessivo número de casas são inundadas de

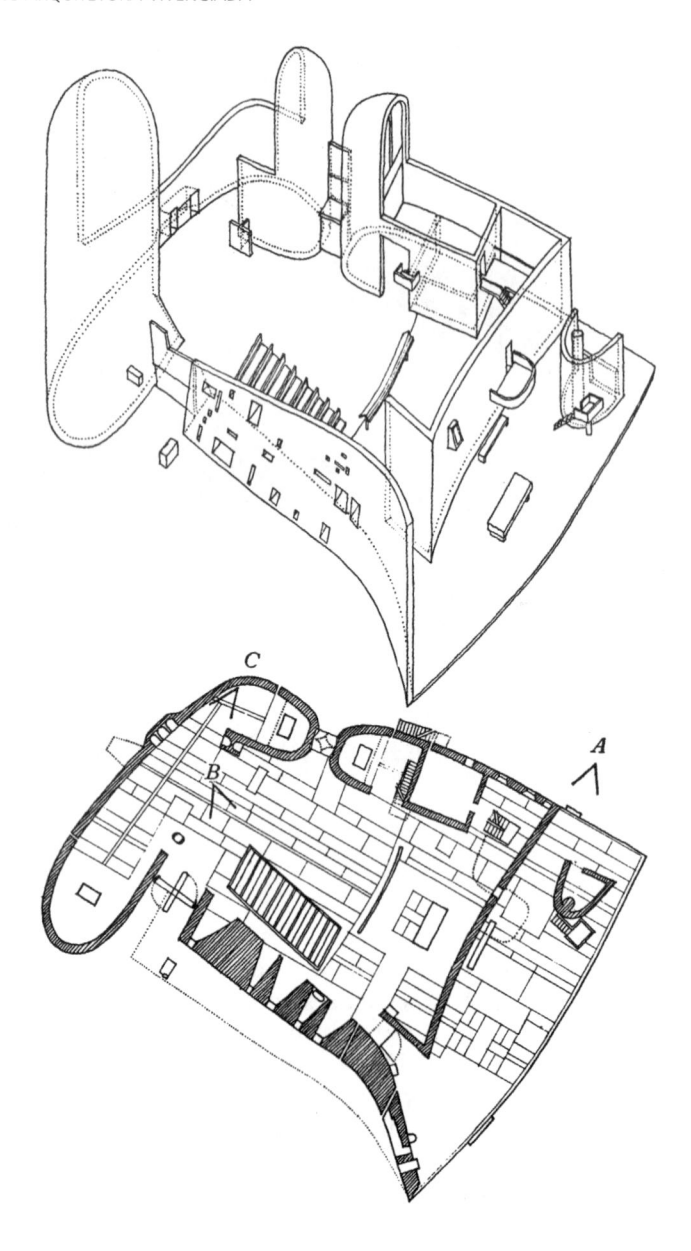

Le Corbusier: Igreja em Ronchamps. *Embaixo*, planta. *Em cima*, desenho espacial.

Le Corbusier: Igreja em Ronchamps. Lado leste visto do Ponto A na planta da p. 218.

Le Corbusier: Igreja em Ronchamps. Parede com janelas, vista do Ponto B na planta da p. 218.

luz proveniente de todas as direções, sem qualquer propósito artístico, criando apenas uma luminosidade ofuscante.

Le Corbusier, que até então trabalhara com aposentos inundados de luz diurna, tão adequada para formas precisas e cores puras, criou um interior de igreja em Ronchamps que possui o apelo emocional de se basear na penumbra da iluminação indireta, na qual a forma só é obscuramente revelada. Trata-se de um santuário católico dedicado a uma imagem milagrosa da Virgem Maria, e o projeto de todo o edifício baseou-se em ideias e emoções inteiramente distintas das que haviam determinado sua obra até então. A distância, as paredes e a torre brancas da igreja podem ser vistas dominando o mais alto cume de uma paisagem montanhosa em Haute Saone, onde as cristas das serras se sucedem umas atrás das outras. O ritmo ondulante da paisagem parece continuar no traçado da igreja. À medida que nos aproximamos, descobrimos que não existe uma só superfície plana; todo o

Le Corbusier: Igreja em Ronchamps. Interior com nicho, visto do Ponto C da planta da p. 218.

edifício se curva e se dilata numa composição extraordinariamente bem integrada.

Ao entrarmos na igreja, o que primeiro impressiona é o ambiente estar muito escuro. Gradualmente, apercebemo-nos das paredes e começamos a notar que superfícies planas e regularidade não serão mais encontradas no interior do que no exterior do edifício. O próprio piso é como uma paisagem ondulada de lajes de pedra, num padrão irregular. Um pequeno grupo de bancos sólidos para os fiéis forma um paralelogramo a um lado do recinto, defronte do altar-mor e da imagem da Virgem colocada bem acima dele. Essa relíquia sagrada está numa caixa de vidro inserida na parede grossa, de modo que pode ser vista tanto do interior como do exterior da igreja, onde, muitas vezes, são celebradas missas campais. À direita há uma parede espessa, perfurada por numerosas aberturas de dimensões desiguais. Do lado de fora, elas parecem minúsculas vigias mas, no interior, elas abrem-se em vãos amplos e brancos que projetam considerável quantidade de luz refletida no recinto penumbroso. Algumas dessas aberturas foram fechadas com vidro em que foram pintados ornamentos ou inscrições. No ângulo formado pela parede do lado sul e a parede do fundo, que contém a Virgem, existe uma fissura estreita do piso ao teto com um arranjo gigantesco de concreto, semelhante a uma tela ou cortina, que tem o objetivo evidente de impedir a entrada de luz direta. Mas a luz que penetra é tanta que chega a atrapalhar os fiéis que tentam concentrar-se em suas devoções. A penumbra da igreja é fendida por raios de luz radiante que jorra da fissura estreita. Com essa única exceção, é muito pouca a luz que penetra no recinto. Entre paredes e teto, existe uma abertura muito estreita que admite apenas luz bastante para vermos o teto de cimento áspero contra as paredes rebocadas de branco. O que do lado de fora parecem torres – duas voltadas para leste e uma para oeste – são vistas do interior como absides, ampliações recuadas do recinto. E o que parecem aberturas do campanário são, na verdade, janelas que não podem ser vistas do interior, mas que, acima do telhado, espalham uma luz mágica sobre as paredes curvas da abside, atraindo a atenção dos fiéis para o altar e mais para o alto, onde a luz é mais brilhante.

Le Corbusier, através desse templo notável, deu uma nova contribuição para a arquitetura e mostrou de maneira impressionante como a luz do dia e sua distribuição constituem um maravilhoso meio de expressão para o artista.

9. COR EM ARQUITETURA

É sabido que os antigos templos gregos eram originalmente policromos, mas o tempo despojou-os de todos os vestígios de cor, e hoje encontram-se em pedra nua. Porém, apesar de tal processo ter-lhes alterado muito a aparência, ainda os sentimos como arquitetura nobre. Quando uma pintura perde sua cor, deixa de existir como obra de arte, mas isso não ocorre na arquitetura, pois a arte da construção está antes e acima de tudo interessada na forma, na divisão e articulação do espaço. Em arquitetura, a cor é usada para enfatizar o caráter de um edifício, para acentuar sua forma e material, e para elucidar suas divisões.

Se entendemos por "cor" não só as cores primárias mas também todos os tons neutros do branco ao preto, passando pelo cinza e todas as possíveis misturas, então é claro que todo edifício tem cor. O que nos interessa aqui é o seu emprego numa acepção puramente arquitetônica.

Originalmente, a cor não era problema; ela surgia por si mesma. O homem usava os materiais que a natureza lhe fornecia e que a experiência lhe ensinava serem fortes e prestáveis. As paredes de sua habitação podiam ser de lama endurecida e compacta, cavada no local da construção, ou de pedras recolhidas por perto. A esses materiais acrescentava galhos, palha e vime. O resultado era uma estrutura nas próprias cores da natureza, uma habitação humana que, como um ninho de pássaro, era parte integrante da paisagem.

O homem primitivo decorava sua cabana de madeira ou choupana de adobe, guarnecendo-a com grinaldas de flores ou revestindo as paredes cinzentas com tecidos coloridos. Assim, ele procurava melhorar a rusticidade da natureza, tal como pendurava ornamentos coloridos em seu corpo tostado pelo sol.

Mais tarde, o homem descobriu como fazer materiais mais duradouros do que os oferecidos pela natureza, e novas cores começaram a aparecer. Ao cozer o barro, obtemos tijolos vermelhos e amarelos, em lugar da variedade cinzenta que se seca ao sol. Ao revestir a madeira com uma camada de piche, conseguimos um negro retinto. Graças a tais processos, dispomos de uma gama de várias cores, via de regra, entretanto, muito limitada. As cores dos tijolos, por exemplo, têm uma margem de variação muito restrita. E, mesmo que os materiais de construção sejam protegidos por uma camada de pintura, poucas são as cores de tinta que oferecem resistência e durabilidade.

É óbvio que existe uma conexão inexplicável entre materiais e cor. Não sentimos a cor independentemente, mas apenas como uma das muitas características de um determinado material. Do mesmo fio, tingido na mesma cor, podem ser feitos tecidos com características muito diferentes, e a cor mudará de acordo com a textura. Se, por exemplo, um cetim lustroso e um tecido tipo pelúcia são tecidos com a mesma seda, o primeiro será macio e leve, o segundo terá profundidade e fulgor.

A partir do momento em que a cor dos materiais de construção passou a ser controlada pelo homem, em vez de ser produzida pela natureza, foi dado um novo passo na criação de padrões arquitetônicos. Mas a imaginação humana parece ser muito lenta na apreensão de novas possibilidades. De um modo geral, usamos as cores que estamos acostumados a ver à nossa volta. A habitação ainda é parte da paisagem. Se houver pedra amarela na localidade, o mais provável é que as casas sejam amarelas, construídas com essa pedra. E, se há paredes rebocadas, é mais do que certo que será reboco amarelo derivado da areia amarela local. As molduras das janelas, entretanto, podem ser pintadas em verde ou azul contrastantes. Em muitas civilizações, as cores brilhantes usadas são frequentemente separadas por uma orla branca que permite a cada cor destacar-se com toda a sua pujança.

Quando escolhemos uma cor que não é determinada pelo próprio material de construção, a nossa seleção recai usualmente em uma que é natural em algum outro material com que estamos familiarizados. Em contraste com seu ambiente verde, as casas feitas de troncos nos distritos rurais da Noruega e Suécia são geralmente pintadas em vermelho escuro. Hoje, isso está tão generalizado que já não se nota. Mas como se originou tal costume? O historiador de arte sueco Erik Lundberg propôs a teoria de que esse costume teve início na imitação das mansões senhoriais de tijolo vermelho que eram grandiosas e duradouras, de onde surgiu a ideia de que uma casa de verdade *tinha de ser* vermelha.

Gerações subsequentes imitaram as casas de estuque e suas cores. Numa fazenda norueguesa, onde todas as construções têm a antiquada pintura vermelha, somos capazes de encontrar a casa do proprietário em estilo Ressurgimento Clássico. Ela também será de madeira, mas com um acabamento muito mais requintado: tábuas macias e meticulosamente aparelhadas, pintadas em tons de cinza e branco ou com delicados matizes de amarelo ou rosa, numa reminiscência das casas de estuque do período. Mas, com frequência, o estuque e as cores aguadas também são imitações. Nas cidades italianas, as casas são geralmente da cor da terra local, como em Siena, onde a cor das casas de estuque é *terre di Siena*. Mas em outros lugares podemos encontrar paredes caiadas com molduras de reboco amarelo que pretendem assemelhar-se, ou melhor, simbolizar o arenito.

Provavelmente, é simplificar a verdade chamar "imitação" a tal emprego da cor. Não se trata de uma tentativa de iludir as pessoas. Antes, as cores eram tidas como símbolos. De um modo geral, a cor, para a maioria das pessoas, sempre foi eminentemente simbólica. Em Pequim, as cores brilhantes eram reservadas para palácios, templos e outros edifícios rituais. As residências comuns eram artificialmente incolores; tijolo e ladrilho eram temperados por meio de um processo especial de cozimento que os tornava tão descoloridos e insípidos quanto poeira de estrada. No interior do vasto recinto do Templo Celestial, todos os telhados eram de ladrilho azul vitrificado ao passo que os palácios imperiais tinham telhados de cor ocre e as portas da cidade eram verdes. Era proibido aos cidadãos comuns usar ladrilhos coloridos.

A cor ainda é usada simbolicamente de muitas maneiras. Existem cores para sinais e avisos especiais; cores nacionais, acadêmicas e para uniformes; e cores para toda espécie de clubes e sociedades. Mas independentemente de tais usos, existem cores que se revestem de um significado especial ou que são reservadas para fins e ocasiões definidos. Não só os charutos são marrons, mas seus recipientes são feitos de madeira marrom, cedro ou mogno, que preservam melhor o charuto e seu perfume. Essas caixas de charutos, com suas orlas brancas, lembram as casas acima mencionadas, com paredes de cor natural acentuada pelo remate branco. Geralmente a caixa de charutos é ornamentada com decorações em outros materiais e cores – ouro e tons vivos impressos em papel lustroso. Mas, independentemente de como os charutos são embalados, não podemos imaginá-los em caixas cor-de-rosa ou verde-malva. Associamos essas cores mais com sabonetes e perfumes, além de elas lembrarem aromas que são inimigos do tabaco. Também associamos cores a atributos masculinos ou femininos. Assim, as cores "tabaco" são adequadas para o gabinete de trabalho, as "perfumadas" para o *boudoir*.

De um modo geral, é difícil averiguar a fundo como chegamos a vincular certas cores e certas coisas. Produtos alimentares, por exemplo, devem ter todos suas cores reais. Se os vemos sob uma luz que os falseia, que lhes altera a cor, tornam-se repugnantes. Certas cores têm efeitos psicológicos geralmente reconhecidos. O vermelho, por exemplo, é uma cor veemente, excitante; o verde é apaziguador, calmante. Mas muitas convenções de cor diferem em civilizações distintas.

Corretamente usada, a cor pode expressar o caráter de um edifício e o espírito que pretende transmitir. Enquanto o aspecto de um edifício pode ser claro e alegre, indicando festividade e recreação, um outro pode ter um ar austero e eficiente, sugerindo trabalho e concentração. Para ambos os tipos existem cores que parecem inteiramente corretas e outras que são completamente inadequadas, destoantes.

Pelo uso de uma só cor, ou de um esquema definido de cores, é possível sugerir a principal função de um edifício. Mas, num mesmo edifício, várias cores podem ser utilizadas para acentuar a forma, as divisões e outros elementos arquitetônicos. Certas cores podem fazer um objeto parecer mais leve, outras, mais pesado do que ele realmente é. Podem fazer com que pareça grande ou pequeno, próximo ou distante, frio ou quente, tudo de acordo com a cor que lhe é dada. Existem inúmeras regras e instruções para o emprego de cor a fim de esconder imperfeições e defeitos. Partes estruturais feias podem ser "apagadas" com pintura ou tornar-se menos óbvias recorrendo-se à cor. Uma sala pequena poderá parecer maior se lhe for dada uma cor pálida. Ou se é uma sala fria, com uma exposição ao norte ou leste, é possível dar-lhe uma luz do sol artificial se for pintada em tons quentes, como marfim, creme ou pêssego. Mas há algo de insatisfatório a respeito de tal camuflagem. É irritante descobrir que a coisa não é o que esperávamos. Na arquitetura conscientemente projetada, a sala pequena parece pequena, a sala grande parece grande e, em vez de disfarçar essas características, elas devem ser enfatizadas pelo uso judicioso da cor. O quarto pequeno deve ser pintado em tons profundos, saturados, para que sintamos realmente a intimidade de quatro paredes próximas à nossa volta. E o esquema cromático do quarto ou sala grande deve ser leve e arejado, para ficarmos duplamente conscientes da amplidão de espaço de parede a parede.

Um teórico alemão descreveu em detalhe como a cor pode ser usada para enfatizar não só o que é grande e o que é pequeno, mas também o que está em cima e o que está embaixo. O piso, diz ele, como a terra em que caminhamos, deve propiciar uma impressão de gravidade. Portanto, deve ter os tons cinzentos ou castanhos do barro ou do solo rochoso. As paredes, por outro lado, devem ter mais cor, como arbustos e árvores em flor e tudo o que se eleva acima da superfície da terra sólida. E, finalmente, o teto deve ser leve e incorpóreo, em tons de branco ou delicados matizes de rosa e azul, como o céu acima de nossas cabeças. Geraria um sentimento de insegurança, afirma ele, caminhar sobre pisos rosados ou azuis, e sentiríamos o teto como uma pesada carga empurrando-nos para baixo se o pintássemos numa cor escura.

Enquanto estou sentado a ler essa explicação teórica, ergo os olhos do livro e passeio-os pela sala. O piso está coberto com um tapete chinês em encantador azul-anil, sobre o qual caminho todos os dias sem o mais leve sentimento de insegurança.

Penso em aposentos que vi em antigas mansões com mármores rosa e cinza, paredes caiadas de branco e tetos com vigas pretas, tão pesadas e escuras que realmente sentimos o seu peso. Apesar de todas as teorias, podemos dizer a respeito da cor, como a respeito de todos os outros elementos de arquitetura, que não existem regras definitivas nem diretrizes que, se forem estritamente obedecidas, garantam uma boa arquitetura. A cor pode ser um poderoso meio de expressão para o arquiteto que tem algo a dizer. Um pode achar que o teto deve ser escuro e pesado; um outro, que deve ser leve e incorpóreo.

Quando o homem atingiu o estágio em que usa a cor não só para preservar os materiais de construção e enfatizar a estrutura e os efeitos texturais, mas também para criar uma grande composição arquitetural mais clara, para articular inter-relações entre uma série de aposentos, então um novo e grande campo se abriu diante dele. No Palácio Municipal de Copenhague, que data de aproximadamente 1900, o arquiteto estava tão interessado em todos os detalhes tecnológicos, que usou a cor unicamente para realçar os materiais e sublinhar as técnicas de construção. O resultado é que as próprias salas parecem desconjuntar-se. Não as sentimos como todos integrados, mas apenas como uma série de interessantes detalhes. A geração seguinte de arquitetos rebelou-se contra essa tendência e, no Museu de Faaborg (1912-14), Carl Petersen mostrou como o efeito exatamente oposto podia ser obtido mediante o uso correto da cor. Em vez de enfatizar materiais e estruturas, utilizou a cor para caracterizar as próprias salas.

O salão octogonal abobadado do museu foi (como já mencionamos antes, p. 202) formado em torno da estátua negra do fundador, Mads Rasmussen, obra do escultor Kai Nielsen. As paredes são rebocadas, pintadas a fresco e polidas, de modo que sua estrutura está completamente escondida. A alvenaria não desvia a atenção que deve estar voltada para a sala em si mesma. O arquiteto pintou as paredes em puro azul-cobalto, o que dá coesão ao octógono. Carl Petersen cresceu na segunda metade do século XIX, quando cores atenuadas e quebradas estavam em moda, e as cores brilhantes eram consideradas inartísticas e primitivas. Ele frequentou um colégio em que certas salas estavam decoradas à maneira de Pompeia e um de seus professores, um velho pintor de uma geração anterior, tinha em sua casa uma sala com paredes azul-cobalto. Essas cores causaram uma impressão indelével no jovem aluno.

No Museu de Faaborg observa-se um feliz jogo entre a iluminação baça e a cor intensa do salão abobadado. As cores puras tornam-se mais ricas e mais saturadas quando vistas à meia--luz. Quem tiver visto mosaicos na luz solene de antigas igrejas terá sentido isso. O azul-cobalto no salão do museu não teria nem metade de sua eficácia sob a luz brilhante do sol. Mas aí, onde o arquiteto empregou conscientemente efeitos luminosos contrastantes, a cor cria um fascinante fundo para a estátua de pedra negra.

Acredita-se geralmente que algumas cores são belas e outras feias, e que isso é válido não importa como elas sejam usadas. Se isso fosse verdade, o feliz resultado obtido por Carl Petersen teria de ser creditado ao fato de ele ter tido a sorte de encontrar um certo número de belas cores e de poder usá-las no museu. Mas não é assim tão simples. Os artistas sabem que entre as milhares de tonalidades cromáticas que o olho humano pode distinguir dificilmente haverá uma que não seja considerada bela quando usada na combinação certa e do modo correto. E, inversamente, não há uma só cor que, em certas combinações, não se torne superlativamente feia.

Acontece muitas vezes que, quando uma cor atraente, vista nas paredes de uma determinada sala, é copiada em uma outra sala, perde seu atrativo no novo ambiente. Com efeito, a mesma cor na mesma superfície pode parecer muito diferente quando vista em conjunto com diversas cores. Um cinza neutro contra uma superfície vermelha terá um matiz verde, enquanto contra uma superfície verde parecerá decididamente avermelhado. E numa sala com uma janela voltada para o sul e outra para o norte, a mesma parede cinza terá um tom quente perto da janela meridional e um tom frio perto da setentrional.

Cores quentes e frias desempenham um papel importante em nossas vidas e expressam estado de ânimo e emoções muito diferentes. Sentimo-las nas variações da luz diurna da manhã para o entardecer. É verdade que o olho ajusta-se à mudança gradual, de modo que as cores locais de detalhes apresentam-se as mesmas durante o dia inteiro. Mas se observarmos o todo como uma unidade – uma paisagem ou uma cena de rua –, adquirimos consciência das mudanças no esquema cromático. O estado de espírito altera-se com a luz cambiante. Isso é bastante evidente nas cidades próximas de água, onde a atmosfera é úmida. Caminhando ao longo da margem do rio Charles, em Boston, Massachusetts, de manhã cedinho, não só *sentimos* que o ar é fresco, mas imaginamos poder *vê-lo*. Os velhos edifícios em Boston parecem brilhantes e novos, com sombras frias nitidamente gravadas, e os reflexos cintilantes dos barcos a vela na água fazem-nos piscar os olhos. Mas se voltarmos ao mesmo local ao entardecer, pouco antes do pôr do sol, encontraremos as cores ofuscantes da manhã agora saturadas e quentes. O Hancock Building, que se apresentava cinzento-esbranquiçado e bem definido contra o céu matinal, é agora dourado e vermelho. A cúpula dourada da Assembleia Legislativa Estadual é vista flutuando na atmosfera tipo Canaletto como se fosse um segundo sol. *Sentimos* a tepidez do sol vespertino e *vemos* a luz quente.

Se imaginamos uma grande mansão com muitos cômodos, sentimos instintivamente que eles devem diferir em caráter e cor, mesmo que estejam todos pintados nos mesmos brancos e cinzas neutros. Haveria um certo número de aposentos frios com uma luz clara e brilhante, e outros que seriam quentes, harmoniosos e acolhedores. Mas não podemos concluir a partir disso que determinados aposentos seriam melhores do que outros, do ponto de vista estético. No clima nórdico, os quartos mais tépidos seriam os preferidos, ao passo que em climas mais quentes a escolha seria favorável aos mais frios. A atmosfera fresca e os tons claros dos aposentos setentrionais seriam os mais favoráveis para conter os nossos bens. Disporíamos nessas salas os nossos melhores quadros.

No passado, muitas casas tiraram proveito dessa diferença no caráter de seus aposentos. Monticello, projetada por Jefferson como uma *maison de plaisance* francesa, constitui um bom exemplo. De frente para o leste está o vestíbulo, que lembra fria arquitetura ao ar livre. Daí passamos às salas de estar da casa que são mais aconchegantes e estão de frente para oeste. A tradição da Virgínia requeria um salão que atravessasse toda a casa de leste a oeste, com entradas em ambos os extremos a fim de propiciar uma brisa agradável em dias quentes. George Washington enriqueceu esse plano simples em sua residência de Mount Vernon ao adicionar uma *piazza* de colunas altas voltada para leste. Isso criou uma sala fresca, aberta, sobranceira à paisagem ondulante que se desenrola até o Potomac, em contraste encantador com a frente oeste, a qual, com o anexo das cozinhas e a casa do jardineiro, envolve todo o pátio onde o sol tépido da tarde se demora preguiçosamente. Também no interior da casa, ele se serviu, com grande habilidade e proficiência, das qualidades da luz do dia. O gabinete onde ele trabalhava é uma biblioteca, compacta e acolhedora, com janelas voltadas para o sul, enquanto a sala de banquetes, um de seus aditamentos ao edifício original, é um recinto majestoso e arejado com uma enorme janela palladiana voltada para o norte.

Lembramo-nos de tal edifício como uma composição de numerosos aposentos de caráter diferente, em que a luz do dia e suas cores desempenham um papel decisivo. Em vez de tentar fazer com que os aposentos frios se tornassem quentes, fez-se justamente o oposto, empregando cores que enfatizam sua atmosfera fresca. Mesmo quando o sol está mais brilhante proporcionando mais calor, a luz do dia nos aposentos voltados para o norte tem um matiz azulado porque aí toda a luz é, afinal de contas, única e exclusivamente um reflexo do céu. O azul e outras cores frias mostram grande brilho nos aposentos setentrionais, ao passo que as cores quentes se revelam sofríveis, como se observa sob um abajur que derrame luz azulada. Portanto, se nos aposentos setentrionais são usadas cores frias e, nos meridionais, cores quentes, todas as cores refulgem em sua plena radiância.

Essas condições podem ser ilustradas com a ajuda de pinturas de dois famosos artistas holandeses, Jan Vermeer e Pieter de Hooch. Ambos trabalharam em Delft e ambos pintaram a mesma espécie de interiores, com pessoas trajando as mesmas roupas. Foram contemporâneos e viveram muito perto um do outro. Não obstante, suas telas são tão diferentes quanto a manhã e a tarde. Vermeer representa a manhã. Seu ateliê tinha uma exposição setentrional sobre o Voldergracht, onde o sol só aparecia tardiamente, nas tardes de verão – e nesse período, segundo parece, ele nunca pintou, pois não existe um único raio de sol em suas telas. Pieter de Hooch fez seus quadros numa casa em Oude Delft, onde os aposentos se debruçavam sobre jardins voltados para oeste, e ele preferiu o brilho da tarde quando tudo era envolvido pelo sol vermelho. Os resultados em ambos os casos estavam em completa harmonia com as condições por eles escolhidas para trabalhar. Um retrata a beleza da luz e das cores frias, o outro, o encanto da luz e das cores quentes. Colocando-os lado a lado, descobrimos que há tanta beleza na paleta fria de Vermeer – os azuis-lavanda e os amarelos-limão contra um piso de ladrilho preto e branco – quanto no bom humor cordial dos marrons e vermelhos-cinábrio de Pieter de Hooch.

10. OUVINDO ARQUITETURA

A arquitetura pode ser ouvida? A maioria das pessoas diria provavelmente que, como a arquitetura não produz sons, não pode ser ouvida. Mas ela tampouco irradia luz e, no entanto, podemos vê-la. Vemos a luz que ela reflete e desse modo adquirimos uma impressão da forma e do material. Recintos de formatos e materiais diferentes reverberam de modo diverso.

Raramente nos apercebemos do quanto podemos ouvi-la. Recebemos uma impressão total da coisa para a qual estamos olhando e não prestamos atenção aos vários sentidos que contribuíram para essa impressão. Por exemplo, quando afirmamos que uma sala é fria e formal, é raro querermos dizer com isso que a temperatura é muito baixa. A reação, provavelmente, decorre de uma antipatia natural pelas formas e materiais que se encontram nessa sala – em outras palavras, essa afirmação é decorrente de algo que *sentimos*. Ou talvez as cores sejam frias, e, nesse caso, a impressão advém de algo que *vemos*. Ou, finalmente, pode ser que a acústica seja áspera, de modo que o som – especialmente os tons altos – reverbera nele; portanto, tal impressão é proveniente de algo que *ouvimos*. Se a mesma sala fosse dotada de cores quentes ou decorada com tapetes e cortinados para atenuar a acústica, iria provavelmente nos parecer tépida e acolhedora, muito embora a temperatura fosse a mesma de antes.

A ilustração acima mostra uma cena do filme *O terceiro homem*.

Se meditarmos sobre isso, descobriremos a existência de um certo número de estruturas que sentimos acusticamente. Recordo, dos meus tempos de infância, a passagem abobadada que leva à antiga cidadela de Copenhague. Quando os soldados marchavam através dela com pífaros e tambores, o efeito era terrificante. Uma carroça que passasse por ela soava como o ribombar de trovões. Até um garoto podia enchê-la com uma tremenda e fascinante algazarra... quando a sentinela não estava à vista.

Essas antigas lembranças trazem-me à mente os ruídos de túnel no filme *O terceiro homem*. Conquanto a maior parte desse filme se componha de uma espécie de colagem de cenas cinematográficas e música de cítara que não têm relação alguma com a ação, as cenas finais, que mostram um bandido sendo caçado através dos intermináveis túneis do sistema de esgotos de Viena, são inteiramente sem música e provocam uma impressão visual e oral muito realista. Os sons característicos que os túneis produzem são claramente ouvidos no chapinhar da água e nos ecos dos homens que perseguem o terceiro homem. Aí, a arquitetura é certamente ouvida. O nosso ouvido recebe o impacto do comprimento e da forma cilíndrica do túnel.

O Museu de Thorvaldsen, em Copenhague, tem um efeito acústico muito semelhante ao de túneis e passagens cobertas. Em 1834, o rei dinamarquês doou uma antiga cocheira abobadada para abrigar as obras do famoso escultor. O edifício foi convertido num belo museu com uma estátua em cada galeria abobadada, onde os longos ecos da cocheira ainda parecem prolongar-se. É uma casa para efígies de pedra e não tem nenhum dos confortos de casas construídas para seres humanos. Os pisos são de pedra, as paredes são de pedra, os tetos são de pedra, até mesmo os residentes são de pedra. Todas essas superfícies duras e refletoras de som dão aos recintos seus tons duros, longos e reverberantes. Quando entramos nesse lar de estátuas, estamos num mundo que é muito diferente do da pequena capital provinciana do século XIX que o construiu. Ele assemelha-se mais a Roma, grande e digno como as ruínas abobadadas da Antiguidade ou os corredores de pedra dos grandiosos palácios privados de tranquilidade e de conforto.

O vigoroso diretor do museu emprega muitos métodos para atrair visitantes, incluindo recitais de música entre as obras de arte. O vestíbulo é um dos recintos mais nobres de Copenhague, mas certamente não foi projetado para música de câmara. É necessário adaptar a acústica para esses eventos musicais, cobrindo o piso com tapetes e pendurando panejamentos nas paredes. Então, se o público é suficientemente numeroso para compensar a falta de estofados e tapeçarias na austera galeria, a sala tem suas maneiras alteradas, renunciando à sua voz estentórica e tornando-se tão civilizada que é possível distinguir cada som de cada instrumento.

Isso pode levar a pensar que a acústica do Museu Thorvaldsen é ruim, a menos que sejam tomadas medidas para melhorá-la – o que é verdade, sem dúvida, quando ele é usado para música de câmara. Mas também poderia perfeitamente ser dito que tem uma excelente acústica, desde que seja executado o gênero certo de música. E tal música existe. As salmodias que foram criadas para a igreja cristã primitiva em Roma soariam magnificamente na galeria de pedra do Museu Thorvaldsen. As antigas basílicas

M. G. Bindesboll: Átrio do museu Thorvaldsen, Copenhague.

não eram abobadadas, mas tinham o mesmo caráter duro, com seus pisos de mosaico, paredes nuas e colunas de mármore. E eram tão vazias e imensas que o som continuava reverberando nelas interminavelmente entre as paredes maciças. A maior igreja da cristandade primitiva era a basílica de S. Pedro, antecessora

Perfil longitudinal da antiga basílica de S. Pedro em Roma. Reproduzido de Alpharani. Uma ideia das dimensões da igreja pode ser obtida da planta na página seguinte, a qual mostra, ao mesmo tempo, o campo oblongo de corridas do tempo de Nero (na extrema esquerda), a primitiva basílica cristã (centro, sombreado) e a igreja renascentista que lhe sucedeu (tom mais claro).

do atual edifício renascentista em Roma. Era uma enorme construção de cinco naves, com colunas de pedra que separavam as naves. Em *Planning for Good Acoustics*, Hope Bagenal explica por que as condições acústicas de tal igreja devem, por sua própria natureza, levar a um gênero definido de música. Quando o sacerdote desejava dirigir-se à congregação, não podia usar sua voz habitual. Se ela fosse suficientemente poderosa para fazer-se ouvir em toda a igreja, cada sílaba reverberaria por tanto tempo que ocorreria uma sobreposição de palavras inteiras e o sermão redundaria numa algaraviada confusa e sem sentido. Portanto, tornou-se necessário empregar uma maneira mais rítmica de falar, recitar ou entoar cânticos. Em grandes igrejas que apresentam uma acentuada reverberação registra-se frequentemente o que é chamado uma "nota simpática" – ou seja, "uma região de altura de som em que este é claramente reforçado". Se a nota do recitativo do sacerdote estava próxima da "nota simpática" da igreja – e Hope Bagenal diz-nos que provavelmente ambas esta-

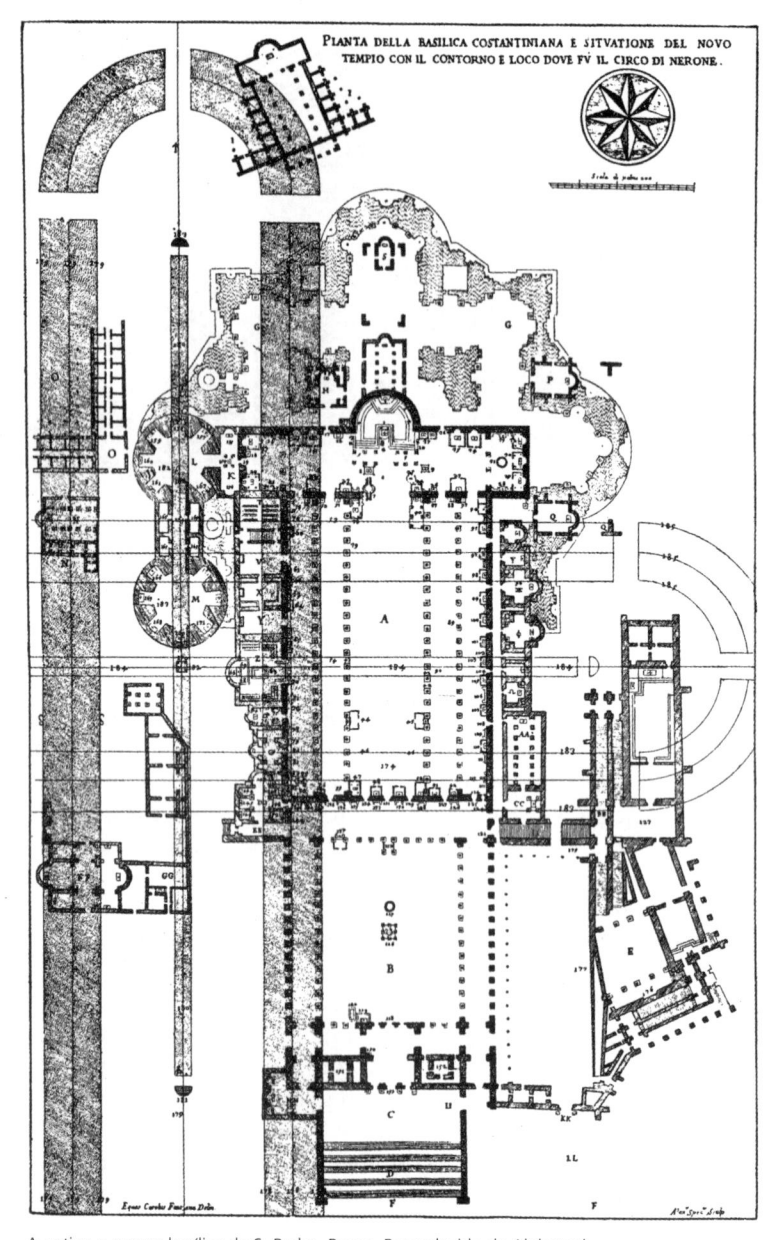

A antiga e a nova basílica de S. Pedro, Roma. Reproduzido de Alpharani.

vam, portanto, como agora, perto do lá e do lá bemol – as sonoras vogais latinas seriam levadas com plena tonalidade à congregação inteira. Uma oração latina ou um dos salmos do Antigo Testamento podiam ser entoados num ritmo lento e solene, cuidadosamente ajustado ao tempo de reverberação.

O sacerdote começava pela nota recitativa e depois deixava sua voz declinar numa cadência ondulante a fim de que as principais sílabas fossem distintamente ouvidas e depois esmorecessem para que outras se seguissem como modulações. Desse modo era eliminada a confusão causada pela sobreposição. O texto converteu-se num cântico que vivia na igreja e, de uma maneira fervorosa, fazia do grande edifício uma experiência musical. Assim são, por exemplo, os cantos gregorianos que foram especialmente compostos para a antiga basílica de S. Pedro.

Quando essa música religiosa uníssona é ouvida num disco que foi gravado num estúdio com reverberação comparativamente curta, ela soa um tanto pobre. Pois, embora o excesso de sobreposição cause confusão, é necessária uma certa quantidade dela para obter um bom som musical. Sem ela, a música coral, especialmente, parece morta. Mas quando o mesmo disco é tocado num recinto com extensas reverberações, o som torna-se muito mais opulento. A tônica é ouvida quase o tempo todo, distendendo-se gradualmente e depois retirando-se; e, junto com ela, as outras notas são ouvidas a intervalos de uma terça ou de uma quinta, de modo que a coincidência de notas produz uma harmonia como no canto a várias vozes. Portanto, nas velhas igrejas, as paredes eram, de fato, poderosos instrumentos que os antigos aprenderam a tocar.

Quando se descobriu que o efeito tonal unificador da igreja como instrumento era tão grande que mais de um som podia ser ouvido ao mesmo tempo com resultados agradáveis, as harmonias produzidas pela coincidência de notas começaram a ser regulamentadas e usadas. A partir daí, desenvolveu-se o canto a várias vozes. "A música polifônica, tal como é ouvida hoje na catedral de Westminster", diz Hope Bagenal, "foi diretamente produzida por uma forma de edifício e pelas vogais abertas da língua latina..."

Abóbadas, especialmente as abóbadas de cúpula, são muito eficazes do ponto de vista acústico. Uma cúpula pode ser um forte reverberador e criar centros sonoros especiais. A igreja bizantina de S. Marcos, em Veneza, está construída sobre um plano de cruz grega e tem cinco cúpulas, uma no centro e uma em cada um dos quatro braços da cruz. Essa combinação produz condições acústicas bastante incomuns. O organista e compositor Giovanni Gabrieli, que viveu por volta de 1600, extraiu toda a vantagem que pôde dessas circunstâncias na música que compôs para a catedral, como as *Sacrae Symphoniae*. A igreja de S. Marcos tinha duas galerias musicais, uma à direita e outra à esquerda, uma o mais longe possível da outra, cada qual com sua cúpula como poderoso ressonador. A música era ouvida de ambos os lados, um respondendo ao outro numa *Sonata Pian e Forte*. A congregação não só ouvia duas orquestras; ela ouvia também dois recintos com abóbada de cúpula, um falando em sons argênteos, o outro respondendo em metais ressoantes.

Embora esse seja um exemplo ímpar, todo interior de uma grande igreja possui sua voz própria, suas possibilidades especiais. Hope Bagenal demonstrou convincentemente a influência dos tipos históricos de igreja sobre escolas de música e declamação. Depois da Reforma, mudanças que afetaram a acústica de igrejas tiveram de ser introduzidas a fim de adaptar os edifícios à nova religião, na qual a pregação na língua vernácula desempenhava papel importante. A análise de Bagenal da igreja de S. Tomás, em Leipzig, onde Johann Sebastian Bach foi organista, é particularmente interessante. Grande parte da música de Bach foi composta especialmente para essa igreja. É um vasto edifício gótico de três naves, com abóbadas abatidas. Após a Reforma, vastas áreas de madeira ressoante foram adicionadas à pedra nua. A madeira absorveu considerável quantidade de som e reduziu bastante o período de reverberação. As paredes laterais foram revestidas com filas sobrepostas de galerias de madeira e numerosos camarotes privados ou "ninhos de andorinha", como eram chamados. A inclusão de tantos camarotes e galerias era devida ao sistema luterano de administração eclesiástica que colocava a igreja sob a direção do conselho municipal. Cada vereador tinha seu próprio camarote familiar, tal como poderia ter na ópera. Os novos aditamentos eram de estilo barroco, com molduras e painéis ricamente esculpidos, e havia cortinas nas aberturas. Hoje,

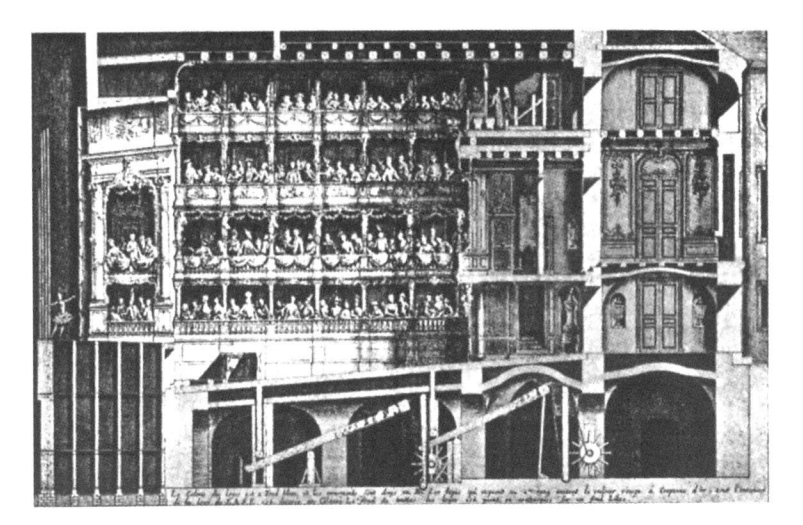

Perfil longitudinal do típico teatro de camarotes do século XVIII.

quando as filas de cadeiras fixas no pavimento térreo, os bancos das galerias e os camarotes estão repletos, como sempre acontece quando se realizam concertos de Bach, o público chega a atingir 1.800 pessoas. Toda essa madeira ajudou a criar a acústica que tornou possível o desenvolvimento seiscentista da Cantata e da Paixão. Hope Bagenal calculou a atual reverberação em 2 ½ segundos, em comparação com os 6 a 8 segundos na igreja medieval. A ausência de uma "nota" ou região de resposta na igreja possibilitou a Bach escrever suas obras numa variedade de tons.

Essas novas condições tornaram possível uma música muito mais complexa do que a que poderia ter sido apreciada na igreja primitiva. As *Fugas* de Bach, com suas muitas harmonias contrapontísticas, as quais se perderiam em vastas basílicas, puderam ser executadas com êxito em S. Tomás, assim como as vozes puras do famoso coro de meninos da escola de S. Tomás eram ali ouvidas com total fidelidade.

A igreja de S. Tomás, sob o ponto de vista acústico, situa-se entre a igreja cristã primitiva e o teatro do século XVIII. Nesse último, onde as ordens sobrepostas de camarotes cobriam as pa-

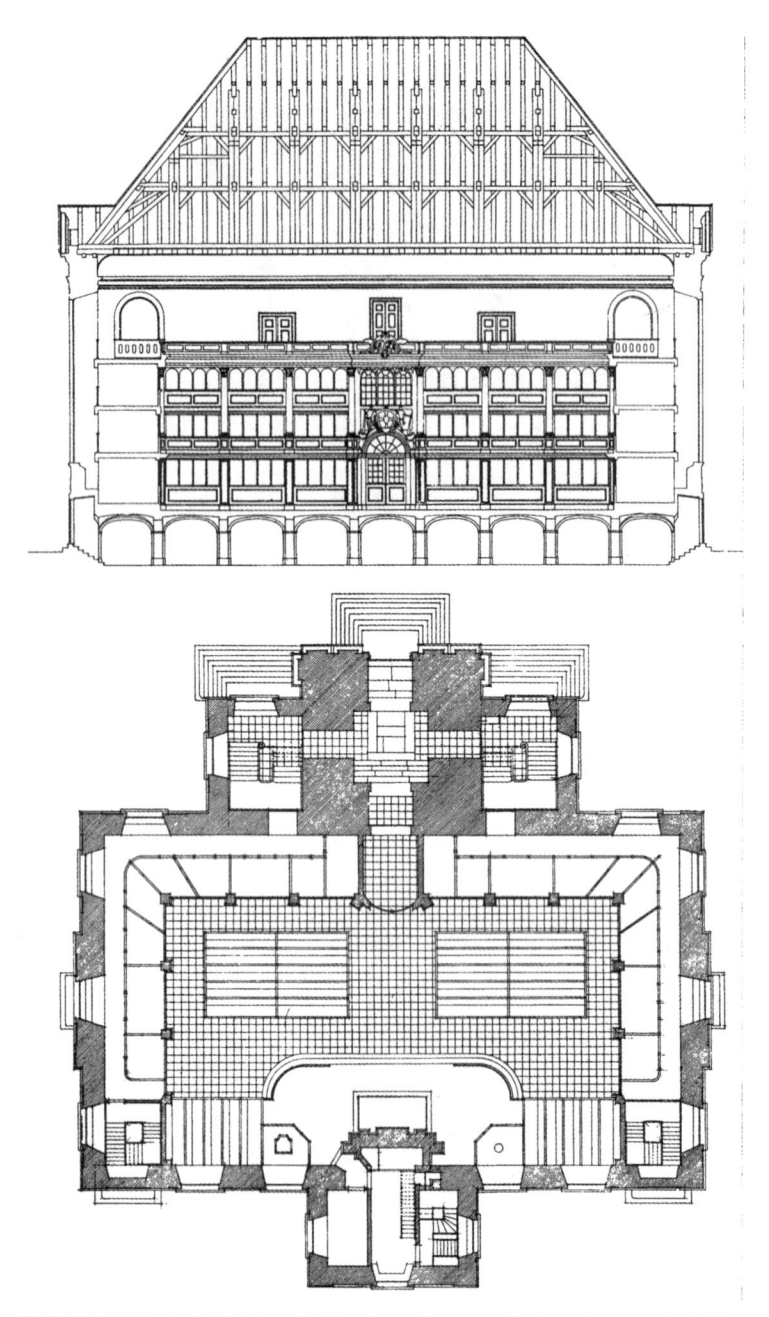

Nicolai Eigtved: Igreja de Christian, Christianshavn, Dinamarca. Seção e planta, escala 1:400.

redes do chão ao teto, havia ainda mais absorção de som. As fachadas dos camarotes eram ricamente esculpidas e os próprios camarotes recebiam estofados e cortinas. Em cada espetáculo, o recinto ficava congestionado de um público em trajes de gala. O teto era plano e relativamente baixo, de modo que atuava como uma caixa de ressonância, desviando os sons para os camarotes, onde eram absorvidos pelo madeiramento e estofamento. Em consequência, a reverberação era muito curta e todas as notas – mesmo em tais ornamentos musicais floreados, como coloraturas e pizzicatos – podiam ser nitidamente ouvidas.

Em 1748, Nicolai Eigtved construiu, em Copenhague, a "Casa Dinamarquesa de Comédia", com um auditório no formato de ferradura e três ordens de camarotes. Em 1754, ele projetou uma igreja de telhado plano para Christianshavn, do outro lado do porto de Copenhague, em que as galerias em três lados estavam formadas quase como camarotes no teatro. Todo o interior era muito diferente do que era tradicional na concepção de uma igreja. Em vez de ficarem sentados numa nave semiobscura, de onde a congregação de fiéis acompanhava a cerimônia celebrada no altar distante como algo místico e remoto, os fiéis estavam agora sentados no quase ofuscante resplendor da igreja do Racionalismo, confortavelmente próximos do altar e do púlpito. Em vez de estarem separados das cerimônias sacras de sua fé, participavam delas. Era uma igreja em que o sermão se revestia de grande importância. Aí, o pregador podia realmente soltar-se. Se os membros da congregação achavam que a prédica estava sendo verborrágica e enfadonha – e os sermões podiam ser *muito* longos no final do século XVIII –, simplesmente fechavam as janelas de seus camarotes, isolando-se de todo o som vindo de fora. Esse tipo de igreja não era incomum, em absoluto, nessa época. Só em Copenhague quatro igrejas semelhantes foram edificadas durante esse período.

O período rococó, que criou radicalmente um novo tipo de igreja para satisfazer as exigências de uma nova era, também produziu grandes casas citadinas com interiores muito mais confortáveis do que os das mansões do período barroco. Os aposentos nas novas casas variavam não só em dimensões e formatos, mas também no efeito acústico. Da entrada coberta para carruagens, o visitante ingressava num *hall* de mármore que ressoava com o estrépito de sua espada à ilharga e dos sapatos de salto alto, enquanto seguia o mordomo pelo piso de pedra até a porta que era aberta para ele. Estava agora no limiar de uma série de salas com sons mais íntimos e musicais – uma espaçosa sala de jantar acusticamente adaptada para música de câmara, um salão com paredes revestidas de painéis de seda ou damasco que absorviam o som e as reverberações encurtadas, e lambris de madeira que propiciavam a ressonância certa para esse gênero de música. Seguia-se uma sala menor em que se podia desfrutar os sons frágeis de uma espineta e, finalmente, o *boudoir de madame*, como uma caixa de joias revestida interiormente de cetim, onde os amigos íntimos podiam reunir-se para conversar, cochichando entre si os mais recentes escândalos da sociedade.

Os reflorescimentos clássico e gótico do final do século XVIII e começos do XIX levaram inevitavelmente ao ecletismo na arquitetura, em que o projeto criativo cedeu lugar à cópia fiel de detalhes. Muito do que fora conquistado durante os séculos anteriores era agora ignorado e depois esquecido. Já não havia nenhuma concepção pessoal subentendida nos aposentos que o arquiteto projetava e, portanto, ele prestava pouca atenção à sua função acústica e aos efeitos acústicos que poderiam ser obtidos, bem como à textura dos materiais que seriam usados. Os exteriores das novas igrejas eram cópias corretas de protótipos clássicos ou góticos, mas os interiores não eram traçados para tipos definidos de oratória ou música. Nos novos teatros, os tetos planos dos primeiros tempos foram descartados em favor de tetos ligeiramente abobadados, os quais produziam condições acústicas que os arquitetos não podiam controlar. A indiferença aos efeitos texturais acarretou a indiferença à absorção de sons. Até mesmo as salas de concerto eram projetadas muito displicentemente, porém, como os programas oferecidos incluíam todos os gêneros de música, sem levar em conta os requisitos acústicos especiais, isso era menos importante do que poderia ter sido. Entretanto, o auge da confusão, nesse sentido, foi atingido com os modernos filmes sonoros, em que podemos ver e ouvir o estrondear de cascos de cavalos galopando em vastas pradarias e, ao mesmo tempo, escutar uma orquestra sinfônica tocando música romântica *à la* Tschaikowsky – todos os efeitos banais possíveis apresentados no mesmo filme.

A transmissão radiofônica criou um novo interesse pelos problemas acústicos. Os arquitetos começaram a estudar as leis da acústica e aprenderam como a ressonância de uma sala podia ser mudada – especialmente como absorver o som e encurtar o período de reverberação. Foi dedicado grande interesse a esses efeitos facilmente alcançados. O interior favorito de hoje parece ser algo tão pouco natural quanto uma sala com uma parede inteiramente de vidro e as outras três lisas, duras e brilhantes, e, ao mesmo tempo, com uma ressonância tão artificialmente moderada que, sob o ponto de vista acústico, não se distingue muito de um interior revestido de pelúcia do período vitoriano. Deixou de haver qualquer interesse em produzir salas com efeitos acústicos diferençados – todas elas soam igual. Entretanto, o ser humano comum ainda aprecia a variedade, inclusive a variedade de sons. Por exemplo, um homem tende a assobiar ou cantar quando entra no banheiro pela manhã. Embora esse recinto seja pequeno em termos de volume, seu piso e paredes ladrilhadas, aparelhos de porcelana e banheira cheia de água refletem o som e reforçam determinados sons musicais, de modo que ele se sente estimulado pela ressonância de sua voz e imagina-se um novo Caruso. Que sensação deprimente resulta quando se entra num banheiro que recebeu o moderno tratamento acústico favorito que tem o objetivo unilateral de abafar todos esses ruídos joviais! O Clube dos Docentes do M.I.T. tem um dos banheiros mais perfeitamente equipados do mundo. Entramos nele alegremente para uma toalete refrescante antes do almoço. Um benfeitor doou tanto mármore esplendoroso que todo o recinto rebrilha com dura elegância, e dizemos para nós mesmos: "Aqui a minha voz vai ressoar maravilhosamente". Mas a primeira e alegre nota sai de nossos lábios tão insípida e sem relevo como se estivéssemos numa sala de estar pesadamente forrada. Para dar um toque final nesse perfeito banheiro de mármore, o arquiteto aplicou no teto o material isolante mais absorvente de som que lhe foi possível adquirir!

Espero ter sido capaz de convencer o leitor de que é possível falarmos de *ouvir arquitetura*. Embora se possa objetar que, de qualquer modo, não podemos *ouvir* se é boa arquitetura ou não, posso apenas dizer que tampouco é certo que se possa *ver* se ela é ou não boa. É possível ver e ouvir se um edifício tem caráter, ou aquilo a que gosto de chamar *porte*. Mas ainda não foi encontrado o homem que possa emitir um julgamento, logicamente substanciado, sobre o valor arquitetural de um edifício.

O único resultado da tentativa de julgar arquitetura como se julgaria uma prova de exame escolar – nota 10 para tal edifício, nota 5 para aquele outro etc. – é estragar o prazer que a arquitetura proporciona. É algo muito arriscado. É inteiramente impossível fixar regras e critérios absolutos para avaliação da arquitetura porque todo edifício dotado de méritos – como toda obra de arte – possui seus padrões próprios. Se o contemplarmos com um espírito acerbamente crítico, com uma atitude de quem sabe tudo, ele irá se fechar e nada terá a nos dizer. Mas se estivermos abertos para impressões e simpaticamente propensos, ele irá se abrir e revelará a sua verdadeira essência. É possível obter tanto prazer da arquitetura quanto o amante da natureza o retira das plantas. Ele é incapaz de dizer se prefere o cacto do deserto ou o lírio dos pântanos. Cada um deles pode estar absolutamente certo em sua própria localidade e seu próprio clima. Ele ama todas as coisas que brotam e crescem, familiariza-se com seus atributos especiais e, portanto, sabe se tem ou não diante dele um exemplar harmoniosamente desenvolvido ou um espécime atrofiado dessa variedade particular. Devemos sentir a arquitetura dessa mesma maneira.

AGRADECIMENTOS

O autor agradece à Sra. Imogen Cunningham, de São Francisco, que fez a fotografia para a capa da edição original, e a Andreas Feininger pelo frontispício. A fotografia da p. 9 foi feita por Mogens Amsnaes, de Copenhague; as das pp. 17, 19, 29, 30, por Jonals Co., Copenhague; p. 20, por Eric de Maré, Londres; pp. 21, 58, 59, 64, 65, 67, 71, 75, por Anderson, Roma; p. 24, por Villy Svarre, Aarhus; p. 33, por Vagn Hansen, Copenhague; p. 50, por Sune Sundahl, Estocolmo; na p. 54 ambas as fotos são de Novico, Copenhague; p. 100, pelo Prof. Nils Ahrbom, Estocolmo; p. 131, por Politikens Presse Foto, Copenhague; p. 134, por Alinari, Roma; p. 153, por Farabola, Milão; as das pp. 159, 161, 162, 191 são do News Service, M.I.T.; p. 169, da General Motors Corporation; p. 186, por Witherington Studios, Londres; e p. 236, por F. Hendriksen, Copenhague. Algumas figuras reproduzidas são de origem incerta e o autor não foi capaz de identificá-las. Testemunhamos aqui nosso apreço aos fotógrafos anônimos. A maioria das fotos é do próprio autor.

1ª **edição** outubro de 1986 | **3ª edição** julho de 2015
Fonte Times New Roman | **Papel** Offset 75 g/m2
Impressão e acabamento Yangraf